歌集

春の残照

長澤一作

現代短歌社

目次

春の残照

I

「運河」誌掲載作品

『花季』以前の歌集未収録作品

ふくらはぎに

一九八七年

ふくらはぎに背に痒みの走るなど冬なればわが皮膚も乾かん

茶廊より雪ふる町を見てゐたり旅にあるやと思ふつかのま

わが怪我のやうやく癒えて左手の包帯解けば手首の寒し

北空の黄なる濁りをうとめどもかくやみがたく季節はめぐる

春疾風避けるごとくに降り来て地下の酒店に水割りを飲む

方法の意識捨てんといひたりきさればば自在に歌ひたまへよ

輝きて

輝きて今日芽ぶきゆく公孫樹あり暗き幹さへうるほふごとく

わが会ひし媼明るく惚けをり惚けゆくもあるいは救ひ

紛れたる三首のメモにこだはれば明方の夢のなかに見つかる

ゴルフ場のスプリンクラー水飛沫立て虹たてて楽しからんか

曽てわがバベルの塔に譬へしがそのビルに来て人を教ふる

海風のつねに通へば枇杷山の若葉に揉まれ伸びゆく早し

くちびるの赤きガンダーラ菩薩像生まなまとして吾に迫れる

わが生きし青春はさもあらばあれ同世代多数征きて果てにき

人工の

人工の島あり昼夜寄る波に小さき渚おのづから成る

えごの花散りしくところ新しき憂ひをもちて今年また踏む

街路樹の根方根方にあぢさゐの藍盛りあがる昨日より今日

光線の具合にあらずわが顱頂あきらかに薄くなりゐる写真

『花季』以後

一年後の　　　　　　　　一九八七年

一年後の会ひを約して別れしが半年病みて君すでに亡し

疾風にひと日揉まれし樟若葉いま暮れがたき濃密の時

会ひ得たる今日を忘れじ健やけき稲葉つゆさん九十二歳

街音の遠ざかりつつ不忍の池のベンチにつかのま眠る

梅雨明けし出雲の峡に合歓の花のうぜんかづら共にいきほふ

写実派のわれといへども頽唐のロマンの香り否むにあらず

坂のべの

坂のべの木群に蟬らこもりゐん暑き夕べに声絶えしかど

ひとときの驟雨ののちに街路樹は暗みてながく雫してゐる

最終の電車に人ら眠りつつジュースの罐はころがり遊ぶ

この暑き夜半鳴きいでし蟬ひとつ虚空に迷ふごときつかのま

忙しきなどといひつつ朝酒を飲みてふたたび眠ることあり

六十年いだき来りし悲しみか書きていくばく和ぐにもあらず

憂ひなく

憂ひなく百日紅の咲きつげど今年の花を君は見たりや

ありありと醒めし心に死の淵をのぞきたりしか晩年の日々

亡骸を囲みてわれの飲みさしの酒を飲めよといひたるは何時

合部屋に声なく臥してをりしとぞ痛々しさらに憤ろしも

死顔を見てはならじと幾たびもいひをりき遂に葬儀を拒む

一人前になりて出てゆくのだからと言ひ給ひしを後の日に聞く

樹々暗き

樹々暗き晩夏のゆふべ楽しげにポプラの梢のみさやぎゐる

一夏を過ぎて病みやすきわが躰内科を出でて眼科に通ふ

百合ノ樹の梢の黄葉あふぎをり二ひらばかり散りくるいとま

海風に互みの声は吹かれゆき岬の道をしばらく歩む

憩ひなき松風の音聞きゐたり秋ふかみゆく加佐の岬に

紫のさやけき房実何ならん岬の丘に採りてわが持つ

一九八八年

夕光の

夕光のかがやきわたる密雲を抜きてスーパージャンボは降る

たちまちに富士暗みつつ遠ざかり東京湾の残照さむし

踏みてゆく古き落葉も新しき落葉もきぞの雨にしめれる

ゆつくりと鯉泳ぐとき水底の砂におくれてその影うごく

あかあかと幹昏れのこる赤松に訣れて帰る寒くしなれば

かぎりなく降りくる落葉浴びゐしと今日の心を誰に告ぐべし

ひそかなる

ひそかなる円ら実あまたごんずいの一木あふぎて凪ぎゆく心

だらだらと酒飲みゐると思ふなよ酔ひて閃く一首もまこと

ステージにをれば小さき隙間より奈落の灯見ゆ人うごくらし

極まりし黄の輝きをいさぎよく払ひつくして公孫樹も冬木

寒ざむと落葉はりつきし石畳伴ふものもなくて歩みつ

黄に光る公孫樹の落葉いちはやき雪に追れてもろともに積む

歳晩に活海老あまた食らひつつ海老の報いをやがて受けんか

昨日まで

昨日まで路傍に乱れゐたりしが公孫樹落葉はいづこに消えし
物置の暗きところにわが飲まん酒を探してゐるも哀れぞ
うづたかき落葉に足を沈めつつ深谿をゆく老びとひとり
よれよれになるまで吾のなじみたる定期券入れの役目も終る
豆柿の朱実をともに仰ぐなど蛇崩の道従ひ行きし

孤独なる酒に乱れて雪散らふ组橋を渡りゆきしか

誰ひとり

誰ひとり留まるはなき駅広場はげしき冬の夕映のとき

風さむき冬の午すぎかすかなる潤ひたもち葱らは立てり

川靄を押して遡りゆきし船靄にまぎれていまだ聞こゆる

営々と咲きつづけたる山茶花の皺むを見れば冬も深みつ

着ぶくれて這ふごとく老一人ゆく吹雪のやみし豪雪の道

暖冬の空にひたりて安けきや槻の梢は平たくけぶる

冬木々は

冬木々はみな乾きゐん窓遠き多摩丘陵はさびしくけぶる

苛だつといふこともなく税務署の順番待ちて歌ひとつ成る

悲しみをやはらげんため訣別は春がよしとぞいひたるは誰

早春の街頭ショーのタップダンス世に遅れゆく吾が見て立つ

添削と選歌に倦みしゆふまぐれ酒の時まであと一時間

色を変へ水にゆらぎて対岸の彩灯いくつ楽しからんか

映像の

映像のマングローブの林見ゆ水にひたりて暗く息づく
佐太郎の墨跡淡く残りゐる佐渡の赤石ひとつかなしも
公園のベンチに選歌続けしが夕ぐれ寒くなれば帰らん
春雪にダイヤの乱れ伝ふれば勤めゐし日のごとくに焦る
退職の記念に賜はりしこの机われの命を越えて残らん

駅に急ぐ通勤者今日も励むべしその一人なりしわれが見送る

運命は

運命はかく定まりて氷詰めのきはだまぐろは送られてゆく

海荒び砂丘けぶりてさながらに劫初の音の聞こえゐたりき

まざまざと稜の鋭き石ひとつ砂に久しく削がれたるもの

桜咲くかなたに白く原子力発電所見ゆ核廃棄物いづこ

深ぶかと新緑の樹々なだれつつ桜ケ池にたつ風明り

吹かれきて浮く花びらを含むなどいまだ幼き鯉らは遊ぶ

晩　春

日本の樹々に交じりて稚けなきメタセコイアは芽吹きつつあり

咲きみつる枝垂桜のゆらぐとき花の奥がの暗き静かさ

ベランダに来たりて遊ぶヒヨドリが書きつぐわれを嘲りて鳴く

いくたびも向きを変へつつ強風に逆らひてゐるかの飛行船

輝きし赤芽柏のくれなゐも忽ち褪せて木群にまぎる

大資本しのぎ合ふともデパートに夏の来向ふファッション楽し

励み来し五年おほよそ見ゆる五年それより先は測りがたしも

新緑の盛りあがる森見えゐしが夕べの靄がいま浸しゆく

深谿の

深谿のかなたにくだる滝さやか滝よそほひて辛夷ほつほつ

霧晴れてまた閉しゆく火口湖の寂しき水をわが目守りゐき

久しかる願ひなりしと石ぶみに心ゆくまで手を触れてゐつ

高山の霧に濡れつつ岩かがみ苔桃たくましく生きつぐものら

卒然といひし諧謔なりしかど思ひせまりてわが涙ぐむ

晩春の三日なごみて別れゆくこの寂しさを互みに言はず

移りくる

移りくる集中豪雨に追はれつつ出雲の峡をやうやく抜けつ

並みよろふ出雲の山の襞々を豪雨は滝となりてくだれる

上空より見ゆる花火の輪のかなた東京の灯の暗きしづかさ

初夏の日にたなびくばかり咲きゐしが白雲木は今日青実垂る

豪雨すぎし夜更の町のいづこにも排水口の水音荒し

雪原をトナカイの群すぎてゆく映像なれど恋ほしきものぞ

国立より

国立より高円寺さらに浜町と急げば残暑半日の汗

朝露をかうむり晩夏の日を浴びて稲田穂ばらみゆく親しさよ

生ゴミと古き歌集を捨てるべく夜更けの階をひそかに降る

雑踏に揉まるるために出で来しか渋谷の夜のこの若者ら
ネクタイの用なく家を出づるなき安けさ貧と引換にして
妨げるものなき夜半の食卓に本積みあげて焼酎を飲む

里芋の

里芋の畠につづく甘藷畑にはぐれ里芋二株ばかり
朱淡く咲く曼珠沙華この夏の異常気象にかかはりありや
台風の余波日もすがら荒れしかばしたたるごとき今日の夕映

砂荒るる秋の砂漠を思ひ見て昂ぶる夜半の心といはん

いづこにも咲きさかりゐる木犀の匂ひ惜しみて遠く旅立つ

騒がしき空港ロビーに出発の時を待ちつつ添削数首

酸ゆき匂ひ

一九八九年

酸ゆき匂ひ辛き匂ひのたちこめて上海の路地の喧騒をゆく

明の代の庭めぐり来て奇怪なるあまたの石に心疲るる

なまなまと青玉の肌透きとほるビルマの仏われは仰ぎつ

誇り高き盛唐の代の末裔が夜の路傍にもの喰ひやまず

灯火暗き西安の夜団員のＩ老人はいづこに迷ふ

静かなる秋のくもりに楊貴妃の浴槽跡の石段が見ゆ

黄に熟れし

黄に熟れし玉蜀黍を木々に吊り屋根に干す冬の飼料ならんか
中国の特別車にて旅をゆく敗れし国の日本人われら
村落のありとしもなく平原の果に煙の立ちのぼるのみ
深谿のあまたの仏訪ねんと秋の日劉家峡ダムわたりゆく
湖は乾季ゆゑ白き砂地ありまれに立ちゐる人の寂しく
すでにして黄河上流垂直の山岳群がわれらに迫る

移りゆく

移りゆく砂塵のかなた嘉峪関の城壁朱き楼閣も見ゆ

河西回廊せばまるところ長城はつひに終りてここ嘉峪関

長城の末端が見えチーリエンの雪を被きし山脈が見ゆ

礫荒き砂漠のなかに白々と続くは泥砂流れし痕か

秋の日の満つる砂漠におのづから蒼くうねりて消えゆく流れ

チーリエン雪解の水潜りきてここに湧くとぞ砂漠の泉

前方に

前方に見ゆるオアシスの青き水水をめぐりてポプラの黄葉
秋の日の砂漠の丘にそばだちて土塁ひたすら孤独に乾く
風雪になかば崩れて陽関の烽火台立つ砂丘のうへに
秋の日はやうやく低く渺茫とけぶる新疆ウイグル砂漠
生ふるものなく乾きたる礫の間をあはれ小さき蜥蜴が走る
み姿の崩れし崖に差出されし御手残りて秋日を掬ふ

さまざまに

さまざまに工夫して酒を飲ますかな半ば凍りしこの原酒など

あたたかき夕べの靄にやすらひて枯葦群に鴨らは眠れ

浅峡の沼に群れゐる鴨の声訣れきたりていまだ聞こゆる

歳晩の町の喧騒にさそはれて貧しきわれも坂くだりゆく

子は娶り妻病みわれは職退きてあわただしかりし一年が逝く

されどまた中国遠き仏らに会ひ得しことを幸ひとせん

湖ぎしに

湖ぎしに靡く穂芒猪苗代の波の騒だちともに昏れゆく

一瞬の映像すがし湿原にいま降りたちし鶴の吐く息

自らの積みたる土砂に乗上げて今日安らぎてゐるショベルカー

瘡蓋を剥してルーペに覗きをり選歌に倦みしわがはかなごと

レンズにて拡大されし瘡ぶたはあはれ水晶に似て透きとほる

ほしいままにオーロラの渦移りゆくその映像を抱きて眠る

歳旦の

歳旦の今日咲きたりし白梅をわがねぎらひて夜の灯を消す

逆光に喘ぎゆく暗き達磨船われの昭和の遠ざかるごと

かの暗き杉生のめぐり装ひて木原白々と芽ぶきつつあり

現身のわがあふぐとき咲きみちし花は眩しく遥かなるもの

池の面をおほふ花びらをりをりに動くところは鯉のあぎとひ

ときじくの春の吹雪に明けそめし山上の湖ふたたび暗む

残雪の

残雪の畑の彼方になつかしき黒石の町近づききたる

しろじろと凍るダム湖の一隅はすでに溶けつつさざ波はしる

雪どけの靄にけぶらふこのダムに村五つ二百三戸が沈む

芽ぶきゆく木々と老いづきゆく吾と今日湖のべの残雪に立つ

蜂の巣あり蝙蝠ひそむこの大樹根方の穴には蛇が棲むとぞ

水田光り榛の木芽ぶきゆく夕べ那須野を過ぎて南へくだる

まんさくの

まんさくの花過ぎがたの城跡を共に行きしと後にしのばな

修学院離宮の丘に段田ありいまだ幼き蛙が鳴きて

久しかる希ひなりしと新緑の松琴亭の縁に手を触る

熱出でて眠る日すがら添削の進まぬ夢のなかにいらだつ

高速路の騒音のうへ移りつつ昨日も今日も半月けぶる

ぶざまなる潜水艦が泊ててゐき梅雨暗み降るかの軍港に

葦群に

葦群に続きて広葉ひるがへる蓮田あり風の音異なりて

高屋山の御陵に立ちてわれよりも五つ若かりし茂吉を偲ぶ

北上する車窓に見えてけぶり咲く合歓なだれ咲く凌霄花

梅干が諸焼酎になごみゆく諸と梅との何のかかはり

台風の遠くそれゆく一日ゆゑ驟雨晴曇定まりがたし

この暑き夜半唐突に鳴きいでて木立の蟬ら何におびゆる

まぼろしの

まぼろしの特攻機遠く過ぎゆきて開聞岳は悲しみを呼ぶ

安らかに役目を終へて銀河系のその暗黒を飛びつつあらん

海紅豆の花咲きそめし湖岸の道行きゆきて憂ひを送る

たちまちに驟雨迫りて多摩丘陵に突きささるごと稲妻くだる

ひと夏をしのぎて葉群衰ふる袢纏木の下に憩ひつ

朔漠の風のやみたる秋の日に長城静かに温もりてゐる

音楽の

音楽の流るるハウスのミニトマト幾ばく早く育ちゆくとぞ

台風に葉群ちぎれし百合ノ木を悼みて晩夏の夕べ帰り来

さやかなる秋日なれども鬱陶しき防雀網の下に穂ばらむ

秋なれば各地の恵みかうむりて松茸めしも栗めしも食ふ

殖えるとも減るともなくて水のべの危ふき位置に彼岸花咲く

淡泊な女と言はれたりしこと嘆くともなしやはり淡泊か

いくばくの

いくばくの範囲を流れゐるならん金木犀のこの花の香は

秋寒き夕べの靄にうるほふは街樹の黄葉われの頭髪

装ひて町行く児らよ学に業にしのぎを削る運命が待つ

八十代半ば以来の老の歌われの見たるもこの世のえにし

逝く春の湯布院に相会ひしこと忘れがたしも君も然らん

健かにながらへて更に自在なる老の境を歌ひ給へよ

一九九〇年

その夢の

その夢の消えて現の哀しみを加へゆくらし少女育つは

十一月半ばの寒き土のうへ働く蟻はいづこに帰る

生れくる孫楽しみて言ひゐしが二週間後にその人は亡し

降り出でし時雨の音を聞きゐたり知る人のなき通夜の席にて

民族の神たがふとも新しき時代を告ぐる鐘鳴りひびけ

到来の焼酎五六本たくはへて歳晩の夜の心ゆたけし

道渡る

道渡るわが足どりにドライバーも幼らもすでに老を見るらし

夜を徹して高速路遠く行くならん帰省ラッシュの渋滞が見ゆ

棟上げなどなきか忽ち鋼材の窓枠組まれゆき形態が成る

遡る前に捉へし鮭といふそのはらごを夜々に食む

一年に逝きたりし人顕たしめて歳晩の夜の木枯しすさぶ

必然といはばいふべし東欧の国に拡がりゆく諸声を

歳晩の

歳晩の昼の眠りも安からず締切せまる夢に追はるる

多摩台地の冬極まりて茫々と昨日も今日も雪降りしきる

期日過ぎてやうやく着きし難民のごとき歌稿をわれ収容す

くしやくしやの顔して籠に泣きゐるるはわが初孫の長澤太郎

ゆくりなきこの世の光眩しむやまだ見えぬ眼をひらく嬰児

わが孫を見て帰り来し荒川の冬あたたかくけぶる夕映

蘭の花

蘭の花塩に漬けたる香蘭茶冬過ぎてゆく夜々に飲む

恐るべきクロネコヤマトの宅急便荷を負ひ階を駈けのぼり来る

自らの出生暗くながらへて今日初孫の太郎を抱く

ひと度は鰐に噛まれしインパラを河馬が救ひつドラマのごとく

その思ひ深め来たりし春秋の峡の夕映また林檎園

晩秋の

晩秋の朱たもち来しからす瓜冬深むころ机上に乾く

残りたる追儺の豆を春の夜の酒のつまみに嚙みをりわれは

歌集一冊通読するも億劫なり書評に抜かれし歌読みて足る

金沢の空を暗めて早春の雷鳴りわたる遠く来たれば

遠き世の青銅の鹿やさしかりデフォルメの角すがしく立てて

山々は

山々はすでに暗めど余呉の湖の沖に時ながき夕映のいろ
雨けぶる近江のうみを過ぎ来れば濃尾平野に虹たちわたる
われよりも売れる歌人ら税金を如何に申告してゐるならん
吹かれ来し花びらを手に掬ふなど幼のしぐさ老われもする
池水の落ちゆくところ花びらの白渦巻きて夕暮れんとす
そこばくの焼酎傾けゐるうちにわが残生の時間が消ゆる

遠く来し

遠く来し友ら幾たり一年の老い見ゆれども互みに触れず

昼なればビール少々蕎麦食ひて伊豆熱川の駅に別るる

神の湯といふ噴泉のあふるるを飲みて現身よみがへらんぞ

山深くとどろく滝をよそほひて立つ水しぶき半円の虹

釜滝の音遠ざかり新しき音はえび滝はた蟹滝か

滝のべを下りし老若六人が木蔭の卓にところてん食む

木蓮の

木蓮の花の幾ひら散りつぐを夜半に見しかど今朝は裸木

マイカーの覆ひ夜風にふくらみて音は不吉に何をはぐくむ

最勝のひと日過ぎんと咲きみちし花は揺れつつ入日を送る

三千粁南下せし蝶の大群がメキシコ樹林に冬凌ぐとぞ

鋤かれゆくまでの幾日畑土にへばりつきゐるキャベツの古葉

生れたるばかりの赤児のぞきゐるその祖母二人顔寄せ合ひて

満月の

満月の潮のまにまおびただしき珊瑚の卵遠くただよふ
感傷はさもあらばあれ一党の鉄の支配の崩れゆくとき
枯葦の風に交りて新葦のやはらかき音やうやく繁し
をみならの曳く六月の朝の香を初老のわれも道にかうむる
古くなりし辣韮食めば思ひ出づ漬けたる人もすでに亡き人
とめどなく酒飲みゐると思ふなよわが拘束はわがうちに持つ

滔々と

滔々と時は移りてコミンテルンなどといふ語も歴史の彼方

夕映の暗みていまだ鳴きしきる蟬らも村の死者を呼ぶらし

こぞり咲く百日紅の花蔭に猫とわれとが残暑をしのぐ

少年の飼猫ならん打つ球の行方を退屈さうに見てゐる

総合誌四五冊夜半の卓に置き飛ばし読みつつ焼酎を飲む

盂蘭盆の役目を終へし茄子の牛胡瓜の馬が道べに乾く

菜園の

菜園のたうもろこしも向日葵も炎暑逃るるすべなきものら

木蔭にてひとり罐ビール飲みゐるははや夏バテの貧しき歌人

台風の過ぐるを告げてこの夕べまた一斉に蟬鳴きしきる

たちまちに経済市況くづれゆく遠きアラブの危機を伝へて

送り来し紫蘇巻の梅かたじけな朝朝食みて猛暑をしのぐ

台風ののちつかのまの夕映に多摩川暗き濁流の音

花の香を

一九九一年

花の香を放ちゐたりし金木犀散りてまたながき暗緑の日々

褐色の蟷螂ひとつわれに似ていま秋草に紛れゆくなり

岸のべに黄葉の樹々立つところ湖の波寒く寄せくる

お神輿も太鼓も人もどこからか借り来て団地の祭にぎはふ

傍らの人ら疎まん泡盛の匂ひはなちて電車にをれば

秋曇寥々として多摩川の遠き流れを見て帰るのみ

しぶき降る

しぶき降る雨の路傍につらなりて金木犀の小花流るる
上昇の翼下に見えて秋の日の台地に靡く芒の穂むら
すがれゆく蓮田に遠くまぎれつつ遊ぶ白鷺をりをり光る
きぞの夜の風に落ちたるばべの実をわが憐れみて渚にくだる
三日の旅終へて帰れば疎ましき郵便物あまたわれを迎ふる
おびただしき紅葉突風にあふられて空に舞上りゆくとき暗し

空襲の

空襲の火に追はれ来てこの川に果てし無数の惨を思へや

すれすれに翻り鳴くユリカモメ橋渡りゆくわれを呼ぶごと

積もりたる落葉悉く朽ちゆかん夜半のしぐれの雨と思ひき

危ふかりし火傷の幼児癒されて今日サハリンに帰りゆくとぞ

歳晩の心ゆゑしらに鎮まりて立ちゐたり茂吉先生の墓

雪の降る遠きみ寺の映像もその鐘の音も憂ひなかりき

半月と

半月と冬木の梢わたりつつ暖冬の夜の白雲あそぶ

空爆をまたミサイルの炸裂をショーの如くに見よといふのか

着ぶくれて多摩川べりの寒風に吹かれて行くは何の物好き

高層の窓に冬の日傾きてわが飲みさしのビールかがやく

競走馬小栗キャップは真面目なる馬なりといふ聞きつつ楽し

日もすがら風に撓みし冬木々をねぎらふやいま夕光赤し

早春の

早春の空つややかに昏るるころ黒糖焼酎抱きて帰る

咲きさかる白木蓮の花あまたあるいは遠き雲を呼びゐん

慌しきビジネスマンの昼食を地下街に見つすでにわが過去

田宮氏が身を投げしかの高き窓春の没日に輝くを見つ

露店にて一杯五円のカレー汁すすりし戦後この街角ぞ

春の日に危ふく立てる一歳児孫の太郎はいづこに向ふ

おもむろに

おもむろに日は傾きて咲きみつる花群の奥翳りゆくとき

やや薄くなりしわが髪憐れむや花びらいくつふりかかり来る

日すがらの疾風なぎてこぞり咲く白木蓮のいだく夕闇

いづこにもマンション建ちて辛夷咲き多摩丘陵の春深みゆく

新葦が枯葦しのぎゆくころか忙しければ河原に出でず

花水木の平たき花ら吹かれゐるそのさざめきを聞くは鳥のみ

月明に

月明にけぶる桜を仰ぐときしばしこの世もよしと思はん

夕風に花過ぎがたの紫木蓮その花びらのなほ驕るごと

いちはやくめぐりを飛べる春の蚊を憐れむときに忽ち刺さる

れんげ田にまぎれゐたりし雀らを驚かし行く無用者われが

黄緑の色ふかみつつ楠若葉盛りあがる丘遠く歩みつ

右脳の働きもやや鈍からんわが右肩の凝りゐる今日は

崖あれば

崖あれば窟あり窟に刻まれて姿おぼろになりし仏ら

常暗き多羅葉大樹泡のごと黄緑の花噴きていきほふ

干潮のころほひなれば島かげの赫き藻草の広がりも見ゆ

わが手よりかつぱえびせん銜えゆく鷗とわれも一期のえにし

会終へてさらに北遠く行きたりし疲れを知らぬ四人の女

静かなる島の砂浜日に照りて一見平和な集落が見ゆ

よき友に

よき友に恵まれ部下に恵まれて運強かりし一生といはめ

微かなる歌のえにしに結ばれて三十五年の知遇を得たり

宿坊の法師を論破したりしは昭和三十四年夏の夜

交りの厚ければ嘆き深かりき大平総理逝きしその朝

職退くをわれに迫りしかの夜も辛かりしならん今に思へば

部下なれど歌を語りて楽しかりき東京の夜大阪の夜

生来の

生来のロマンチシズム貫きてほしいままなりき事業も歌も

マンションの塗装工事の職人が午睡のわれを折々のぞく

老いづける吾と艶けきさくらんぼ梅雨の夜更けの灯下に語る

添削の短き付言いくたりが理解するやと思ふひととき

小手先の添削などといふなかれ思ひを汲みて直せるものぞ

上野よりいくばく吾はまどろみし梅雨ふけわたる牛久沼見ゆ

疾風に

疾風に蓮田のしげり靡くとき咲きそめし花たまゆら見ゆる

梅雨明けて夕映ながし浜名湖の入江もうなぎ養ふ池も

多摩川の草生の風の強ければ二歳児太郎はゆらゆらと行く

丘陵の空暗みつつ忽ちにひらめき降る稲妻すがし

ひとときの驟雨は過ぎて百合ノ木の葉群たのしき雫の音す

買ふ当てのなきわれなれど行きずりにモデルハウスを一巡したり

一輪車乗りこなしゆく少女ありすでにエロチシズムのすがしき姿態

過ぎてゆく夏の悲しみいましがた落ちたる蟬が翅をふるはす

のぼり来てみ墓に人を葬るときひぐらしの声峡をわたる

暑き日に赤飯もちてわが急ぐ新しき孫恵太を見んと

夜の蟬声をしぼりて落ちゆきし地上はすでに秋蟲のこゑ

うらなりの赤きトマトの幾つかが晩夏の入日呼びて光れる

クーデター敗れ体制の崩れゆくその迅《はや》さゆゑ危ぶみ目守る

おもおもと雲わだかまる奥がより雷の光は次つぎに顕つ

コミュニズムに殉じゆきたる同胞に何をか告げんわが悼むのみ

秋暑き日々に萎えゐし彼岸花今日降る雨にまたよみがへる

海のべの

海のべの岩に刻みし羅漢像体おぼろに御顔さだか

吹かれ来し秋のあかねら海のべの岩の羅漢としばらくあそぶ

海ぎしのみ仏なれば潮騒と人の祈りを交々聞かん

笹群も樵の木立も騒然といままのあたり濃霧は走る

霧はれてまた迫りくるつかのまに厳しく青き千蛇谷見ゆ

ものぐらき椿樹林に傾ぎたつ五輪塔いくつ誰をとぶらふ

一九九二年

秋早き

秋早き栴の群落熟れし実は枝にもあまた道にもあまた

暑き日に汗垂り電車乗りつぎて遠く行くなり人弔ふと

癒えがたき妻をみとれる日々の歌つひにすべなき嘆かひの歌

わが友ら耐へつつあらん台風はいま加賀能登を吹荒るる夜半

創刊の記念に播きし公孫樹の実二米ほどに育ちゐるとぞ

逞しく二十一世紀生きゆかん従兄弟同士の太郎と恵太

塩害の

塩害の白穂すべなく焼くところ走る炎の音も聞こゆる

秋の日のお宮参りの雑踏にわれらに似たる祖父祖母あまた

凩の日々を過ぎたる寂しさか冬枯れの原のこの明るさは

土埃ひと日あげゐしショベルカー土の香冷えて夜露に光る

多摩川の枯葦原をわたりゆく夕べの風の消長聞こゆ

一年の仕事納めか工事場のドラム鑵よりあがる炎は

栄光は

栄光は七十年に満たざりき旗降りゆく今日の映像

いくばくか命延びんと柚子の湯にわが浸りをり慣はしなれば

寒の日々極まるころに白菜の漬物うまし野沢菜もまた

十時間余りの選歌添削に倦みてやうやく焼酎の時

足音の確かになりていとけなき太郎小僧が階のぼり来る

十九号台風辛うじて凌ぎたる津軽の林檎尊みて食む

自由業

自由業ゆゑに安けく眠るなり歳晩の雪降りしきる午後

何を買ふあてなけれども年の瀬の喧騒たのしきアメ横をゆく

紙袋二つにて日々足るならん地下道に眠るこの単純化

いつよりの智慧か錆釘数本を入れて黒豆の味いづるとふ

春いまだ遠きかの丘の観覧車手持ぶさたに回りゐるのみ

路傍にて竹籠一つ買ひしのみかかる些事にて和ぎゆくこころ

冬の夜の

冬の夜の床に青実を落す音ベンジャミンわれに何をか告ぐる

梅林の坂見えをりて咲きさかる花にまぎれゆくお遍路二人

遠き代に生きし人らも嘆かひて「天荒」「地老」の言葉を残す

唐突に腓返りは襲ひくる朝の目覚めをうながすごとく

秦嶺のはての仏窟尋め行きし秋のひと日をわが懐しむ

咲きそめし辛夷の花を仰ぐときあはれ顕ちくるかの日の訣れ

降りしきる

降りしきる雪の奥がに渾沌と相せめぐごと春の雷鳴る

暖冬に関りありや咲きそめし今年の花のいろ淡々し

おもむろに濃密の時盈ちゆかん桜花けぶりて満月はるか

数千の歌遁れきて多摩川の春の夕べの水を見てゐる

花びらはわれに別れを告ぐるごと四階の窓に吹きあがり来る

現ともなく月光の満ちわたる荒野の夜をルオー描きし

陽光に

陽光に無数の粒子弾けゐん樟の若葉は日々盛りあがる

降りしきる雨のかなたに幻のごとき明るさ藤の花咲く

幼には幼の思ひタンポポの飛びゆく穂絮見送りて立つ

新緑に誘はるるごと放し飼ひの老いし孔雀はばさばさと飛ぶ

ライオンがライオンバスに迫るとき孫驚かずわれは声あぐ

競艇の果てたる午後の中華店に酒飲む見れば儲けしならん

跳ねられて

跳ねられて忽ち意識不明とぞ聞きてひたすらわれは祈りき

令息の不慮の死嘆き歌ひたるその王子氏が事故に逝くとは

忽然と逝きたる君を弔ふと利根川越えて遠くわが行く

杉生よりなだれ咲く藤猛々しはざまを過ぐる風に光りて

この旅に会ひたる人ら偲ばんと小さき瑪瑙ひとつ求むる

降る雨に草生いよいよ繁りつつ廃棄自転車いよいよ錆びる

自づから

自づからなる命終も悲しきに老いて災禍に逝きしいのちよ

葬儀終へてわが立寄りし駅ビルにラーメン啜りふたたび悼む

雨しぶくビルマの戦野幾たびも原風景のごとく歌ひき

憂ひなく梅雨に濡れをりむらさきの茄子の花また胡瓜の黄花

わが酔の歩み危ふく見えしならん駅歩廊まで送りくれたり

昼すぎの時定まりてベランダに鵯の親子がわれを呼びゐる

容赦なき

容赦なき夏の驟雨にうづたかき廃棄車群はしぶきを上ぐる

カメラマンの声飛交ひて初夏の日に妖しきポーズとるモデル嬢

街道の家並おほよそ変りしがあの豆腐屋がわが生家あと

喚声のいま充ちてゐん曇天にひたりて遠き球場ドーム

嗄れしロシア語のその抑揚にこもる悲しみはたまた怒り

夏の夜の祭の渦に揉まれをり一作ぢいと孫の太郎と

耐へがたき

耐へがたき炎暑の日々に根の浅きものら枯れゆく路傍の哀れ

たちまちに午後四時の空暗みつつ多摩丘陵に霹靂くだる

営々と育ちゐたりし椿の実紅実となりて今日はじけそむ

酒飲みてわがをりし間に汽水湖にのぼる潮を見たる誰彼

原稿の依頼らしきを一瞥しやや憂鬱になりて家出づ

新秋の樹々より垂れて吹かれゐるこの蓑虫らいづこに行かん

いちはやき

いちはやき芒の穂群みづみづしいまだ残暑のよどむ水べに

若き日にかへり見ざりき新秋の土に散りゆく萩の哀れを

まぼろしのごとくに白き彼岸花けふ見たること瑞兆とせん

いくばくの余命ならんか執拗にわれにまつはる秋の蚊ひとつ

次々に友ら下車して新宿より一人となればたちまち眠る

長雨に水漬きし稲ら助かるや今日漸くに刈らるる見れば

その樹齢

一九九三年

その樹齢二千余年の大樟の根方厳のごときしづかさ

晩秋のゆゑに滝みづ微かにて島人のいふ〝咲く虹〟を見ず

さやかなる滝おと聞きて安らふや滝壺のべの地蔵菩薩は

護摩焚きし灰の袋をたまはりて手ぐさにしつつ谿みちくだる

海峡の靄のかなたに白き陽の移るを見つつ島より帰る

焼酎の酔にまかせて語らひし島の一夜もおほよそおぼろ

岩蔭の

岩蔭の水に緋のいろ静まりて午後四時すでに鯉らは眠る

岬遠くめぐり来りて尾道の町と水路の夕映えに逢ふ

いづこにも蜜柑熟れゆく島々よオレンジ自由化など恐るるな

海のべのみ堂に見たる乳型が生なまとしてわが夢のなか

世の常といへど老いづくわが日々を脅かし来るこの孫どもよ

ブランコの下の窪みに溜る水月に光ればブランコ寒し

錦木の

錦木のもみぢと老いてゆくわれと峡の入日を送るひととき

木枯しの吹きつのるおと卓上の薩摩切子のグラスも聞かん

亡き人の遺せる歌を選びをりかかるえにしも仮そめならず

歳晩の風に逆らひ行くときの飛行船の音俄に高し

賀状のみの長き交はり健やかに生くるを知りてまづ良しとせん

子ら二人家を出でしがその妻子計七人となりて集へる

ありありと

ありありと群星移りゐる夜空凍てゆく谿にわが仰ぎたり

冷えびえと白梅の花咲く彼方ややあたたかく紅梅けぶる

奇怪なるまぐろの目玉十余り何の薬かパックにて売る

篠懸の去年の実殻あはれみて仰げはすでに新芽光れる

地下駅の壁の向うを遠ざかる音ありいづこの路線か知らず

万作の花けぶり咲くころならん共に行きたるかの城址に

ものなべて

ものなべて輝き見えん立ちそめし孫の恵太が声あぐるとき

仕事一つ終へし夜半ゆゑ飲む酒もわが独白もほしいままにて

今年また税申告の道に逢ふ紅梅老いずあふれ咲きゐる

春雪の降りしきる午後老いづきし歌詠みひとり疲れて眠る

ほうほうと湯気を上げつつ忽ちになだりの畑の雪消ゆるとぞ

華やぎをかき立つるごと紫雲英田にあまたひそめる雀らの声

宵闇に

宵闇に白もくれんは咲きさかりいま帰り来し酒徒を憐れむ
春雷のとどろくときに紫木蓮の花重々とかすかに震ふ
惚封じ地蔵にわれも祈りたりなるべく緩かに惚けさせたまへ
風みちに立ちゐるゆゑか百合ノ木の芽吹きことさら早き一木は
映像に見し御衣黄といふ桜淡きみどりの花をともしむ
芽ぶきたる赤芽柏のくれなゐの日毎に褪せてすでに晩春

芽ぶきゆく

芽ぶきゆく季節といふにかの丘の木々痛いたし黄砂にけぶる

三年忌法要のため新緑の有馬の峡に遠く来りつ

しろじろと走る驟雨に杉群もなだるる藤の花も騒だつ

鈍行の昼の電車に揺られつつ十分ほどのまどろみあはれ

藤棚のうへに満月けぶるとき百房の花すでに眠るや

一年の伸びありありと四階の窓に耀ふ欅のこずゑ

春暁を

春暁を呼びつつあらん窓のべにアンモナイトの渦巻おぼろ

いま唄ひゐるは誰ぞと宴席の外に美しき声聞くもよし

行先を聞くなどしつつ遠足の園児らとわれしばらく歩む

陸橋に次つぎのぼりゆく灯火重き梅雨の夜空を照らす

今日ひと日遠く遊べばいづこにも樟の若葉の盛りあがる丘

だみ声にまじりて清く鳴きゐるはいまだ幼き蛙ならんか

雨はじき

雨はじきゐる紫陽花のふくらみの藍の内側すがしからんか

湿潤の音をまとひて梅雨の夜に高速路遠く行く自動車群

泰山木の大き白花ひらきゆく黎明の朱かすかに受けて

梅雨ふけし夜の曇に畑道のあるところ李熟れゆく匂ひ

朝霧に視野閉されし丘畑に葵の花は咲きのぼりゆく

何が変りゆくかは知らず日本の梅雨をふるはす政治の季節

梅雨の夜の

梅雨の夜の地下の広場に楊琴と二胡のかなしき合奏ひびく

雨季ながき地中に力弱りしか羽化なかばにて果てゆく蟬ら

茄子トマト胡瓜の黄花たうもろこし長梅雨明けし畑に賑はふ

百合ノ木の葉陰に驟雨避けながら葉群打つ音たのしみて聞く

気づかざれば幸ひとせんわが内に進みゐたりし小さき病

遠ざかりゆくペルセウス座流星群一年の老積みてまた見ん

湿原の

湿原の霧のなかより次つぎに見えくる花らわれを迎ふる

行く春のもの憂きひと日針槐の房花重く雨を溜めゐる

濁流に揉まれゐたりし幾日か中洲の葦ら立直りゆく

池岸の木蔭に暑さ避けをれば寄り来る鯉ら憐れむらんか

添削の百首余りと短文に疲れて晩夏のひと日過ぎゆく

わが窓に縋りて訣れを告ぐるごとにいにい蟬は一しきり鳴く

わが悼む

わが悼むいとまもあらず台風に吹き飛ばされてゆく蝉のこゑ

マンションの工事始まり年々に咲きし曼珠沙華の命運も尽く

五日ほど禁酒したれば一杯のビール忽ちわが四肢めぐる

地下駅の階半ばにてしぶき降る路上の雨を聞きてたぢろぐ

わが老いを急きたつるごと三人の孫ら育ちてゆく様はやし

うらぶれし書狂がひとり秋の日に誘はれ来り古書街あゆむ

一叢の

一九九四年

一叢の萩の親しさ咲くときも散りゆく今日も騒がしからず

わが孫の残し行きたるえびせんべい肴にひとり焼酎を飲む

雨しぶき降るひとしきり路のべを金木犀の小花流るる

穂芒の靡き早瀬のきらめきも音なき距離に見えて暮れゆく

吹かれ来し公孫樹黄葉の幾ひらと吾と地下駅の階くだりゆく

夥しき歌稿のなかに埋もれてわが残生のかく過ぎゆかん

辛うじて

辛うじてビルのあひだを伝ひくる秋の夕日をわが顔に受く

封建の世の凶作に〝地遁げ〟あり遁れし農のその後を知らず

わが眠りわが貧しさを呼びさまし秋の夕べのチャイム聞こゆる

若葉の日はた台風に揉まれし日けふ黄葉にやすらぐひと木

村起しの一つならんか賜りてわが食むめだかのこの佃煮も

畦草のもみぢもすでに衰へて雪来るまへの峡の静かさ

落葉して

落葉してあらはとなりし巣が見ゆる若葉のころに鳥ら戻るや

肯ひてわが見つ駅の手洗に浮浪者ひとり下着をあらふ

穂芒の原乱しゆく夕風は遠き杉生に静まるらしも

繁々と見れば奇怪なる形状かブロッコリーはキャベツの変種

雪を呼ぶしぐれの雨に魚野川沿ひの町々おほよそ暗し

霧ふかき八海山の蕎麦処そばうまし木天蓼の塩漬うまし

火口湖の

火口湖の天昏み水くらみつつ遠世のごとく雪乱れ降る

マンションの建ちのぼりゆく工事見ゆその大よその形楽しく

視力弱くなりたるわれが臘梅の今日咲きそめし花をまぶしむ

老いづきてゆかん生理の現れか雪降る午後はひたすら眠し

不況など話題にもせず酒飲みてわれら共ども世に遅れゆく

春の夜のわが壺中居の短かくてしののめ白み鳥鳴きいづる

まぼろしの

まぼろしの〝越の寒梅〟賜はれば禁酒ゆるめて少々飲まん

風寒き岩礁這ひてかの老が採りし青海苔ああかたじけな

南北にすれちがひゆく渡り鳥和白干潟に共ども憩ふ

オゾン層の破壊によるか孵化せざる蛙の卵多しと伝ふ

山行きて海のべ行きてねんごろに季のこころを君は歌へる

渦潮の海峡越えて来る君をわれら待ちにきかの秋の日に

アカシアの

アカシアの黄花盛上り咲くところ彼方に吉備の平野ひろがる
楯築の古墳の丘を越えてゆく蝶ひとつあり空晴れしかば
咲きさかるしだれ桜の先端が水面の影とふれつつあそぶ
かの丘の遠くけぶるは桃畑の花芽のいぶき立ちそむるころ
菜の花の闌けゆく畑の向うにて安らかに備中国分寺の塔
遠き世のごとくに雫したたりて石棺ひとつおぼろに白し

ひらひらと

ひらひらと咲く花みづき花蔭にまどろむ老に夢を送るや
登りゆく古墳の道に山茱萸はほほけ椿の花散るところ
古への暗き墳墓の入口に生れて間もなきくちなはあそぶ
風明りかすかに立ちて移りゆく浅山峡の沼のしづかさ
池のべに餌箱がありて亀いくつ何のなやみもなく水に浮く
両岸に咲く菜の花ら呼びあふや水きらめきて風わたるとき

東京の

東京の春の入日をまぶしみて吉備路三日の旅に出でゆく

花々の咲きみだれたる彼方には午前の安房の海のかがやき

後の世の樹々の繁りを予測して苑作りたる庭師のこころ

新緑の木群を抜きて高野槙の老樹そばだつ暗ききびしさ

赤松の木立にあそぶ鴉らの声あきらかにわれを侮る

けぶり咲く椎の花蔭過ぎ来しが池をへだてなほ匂ひくる

畑なかに

畑なかに貸ビル建ちて忽ちにヨガ教室バレエ教室開く

熟れてゆく茱萸の実あふぐ少年と老いづくわれと共に楽しく

体内の酒精消ゆるに十二時間かかるとぞ消えぬうちに又飲む

キウイ棚の広き葉蔭の涼しさに営々としてキウイふくらむ

幾たびも驟雨の圏を突切りてわが〝やまびこ〟は北上したり

予期したる友らなりしが盛岡に会ひ田沢湖に会ふ親しさよ

少年の

少年の感傷老いてなほ消えず夏草蒸るる香のなかをゆく

雀らは木群に炎暑しのぎゐんわがベランダにその声聞かず

夏の日に色あはあはと返り咲く藤の幾ふさ未練のごとく

亡き義母の日傘をさして町をゆく甚兵衛姿ひとあやしむな

賜はりし泡盛の古酒〝久米仙〟に猛暑払ひてわれはいきほふ

ビル街の午後の暑さにひるむなく青松虫は街路樹に鳴く

西日いま

西日いま及ぶ路面におびただしき黒蟻うごきその影うごく

茫々と酒飲みをれば午前四時曙のいろ窓にひろがる

ワインの栓ゆつくりと抜くわが手許固唾を呑みて孫ら見守る

向日葵はかく衰へて夾竹桃百日紅は炎暑よろこぶ

蟋蟀のかじりゐたりし梨ひとつ蟋蟀追ひてわれが食むなり

壮大な実験なりと割切りて歴史の機微を解きうるや否

秋暑き

秋暑き日々咲きつぎて忙しきわれを犒ふブーゲンビリア

涸れはてしダム湖見にゆく観光バス日毎増ゆると聞けば驚く

熟れてゆく早苗田に青田つらなりて白雲の影移る平安

咲き残る槐の花の片へには青き莢実がすでに垂れゐる

濁りつつ昇りし月は中天にやうやく澄みて安らふごとし

みづからの根方の土を装ひて金木犀の花散りたまる

現代の

一九九五年

現代の世に狎らされし犬猫ら野生はいまだ猫に残るか

寒暖の定まりがたき秋の日に咲く返り花皐月もあはれ

曇日に架橋工事の進みをり溶接の火を水に散らせて

忌はしきまで遠々に輝きて泡立草は花粉を飛ばす

いくばくの仕事を積みし一年か木枯らしの夜に悔かぎりなし

幾ひらの夕映の雲移りゆくニコライ堂はすでに暗みて

ひとときに

ひとときに桜の黄葉散る見れば葉群に鶫と少年がゐる

聖橋のアーチのうちに灯がともり彼方に秋の夕映終る

祖父われと落葉を焚きて語りしと汝の記憶に残るやいなや

暖冬のさきぶれのごと十一月二十六日木瓜の花咲く

マンションに移り来りし家族あり幼児がまづわが友となる

朱き実の弾けし日よりいくばくか辛夷はすでに光る芽をもつ

静かなる

静かなる聖者の像の映ゆるまで楷樹の黄葉今日降りしきる

幼児とわが好奇心一致して秋の日ディズニーランドをめぐる

靄ふかき歳晩の夜の高速路帰省ラッシュの渋滞が見ゆ

風凪ぎて夕つ日遠くわたるとき冬木々の丘浄まりゆかん

選歌などさもあらばあれ風邪病むを恩寵としてひたすら眠る

熱を病む昼のねむりの夢あはれ社員募集の旅続けゐる

風邪癒えし

風邪癒えし老が縕袍にまるまりて沈丁の香のほとりに屈む
麦焼酎にあわもりの古酒垂らし飲む貧乏性を笑はば笑へ
スーパーに夕餉の材を選びゐる男ら多しわれも然れど
朝方に降りつみし雪喜びて出で来しは犬と少年とわれ
雪原の午後の静かさ裸木の影をよぎりていづこに行かめ
残雪のいまだ深きに雑木々の丘けぶりつつ芽ぶきゆくとき

北遠き

北遠き夜の電話はすさびゆく吹雪の音をわれに聞かしむ

鍋の中にゆらぐ豆腐を見守りて喰ふその前に和むもあはれ

白梅と椿の花と照り合ひてベンチに憩ふわれを見おろす

余命などしばし思はず流感の癒えてわが飲む焼酎うまし

養殖の鮑を食らふ海星ありその敵は大きにちりん海星

雲南の奥地に樹齢千年の茶樹ありといふいつの日か見ん

咲きそめし

咲きそめし白木蓮が宵闇の行手の宙にゆらぐあやしさ

ゆくりなく来りし甘酒横丁にがんもどき買ふ春の夕べに

その効果さだかならねど夜々に薬剤数種飲みて安らふ

静岡にもてなされたる焼酎の醒むるまもなく東京に着く

塾に行く時間ならんか公園に遊ぶ少女が時刻を聞くは

その病いまだ知らざる三歳の孫の恵太のために祈りつ

ぞろぞろと

ぞろぞろと脳病む老ら連れ出され桜の花をあふぎゐる午後

いとけなき孫のなづきを冒しゆく病思ひて眠りがたしも

四時間の手術にいまし耐へてゐる幼児恵太死なしむなゆめ

春雷は樹々の芽吹きをうながさん丘陵の空鳴りわたり来る

夜の道の行手おぼろに明るむは水溜り覆ふ桜はなびら

孵りたる赤海亀が首あげてカリブの海の朝日まぶしむ

ひるがへる

ひるがへる赤芽柏のくれなゐの葉群のうへに浮かぶ夕月

若き日に思ふなかりし老いゆくといふは時間の加速すること

ふつふつとカルミアの花あふれ咲く朝の曇は晴れんとしつつ

夕潮のひたしくるとき白き洲のいまだ僅かに見ゆる寂しさ

昼すぎて立つ風あれば白砂の庭に若葉の反映うごく

奥多摩の蒼き流れの行くところ流れに映えて桐の花咲く

健やかに

健やかに初夏の日々ありふるさとの狭霧の峡の新茶を飲みて

光りつつ田水の張られゆく見れば今宵蛙ら出でて鳴くべし

夜明には散らんさだめの白花と梅雨の夜更の時を惜しみつ

公園の木群に灯火けぶるまで日すがら暗し梅雨ふけわたる

わが前に孫ら三人顔並めてじやがいも食ひ散らすかかる壮観

梅雨晴れて早苗田ひかる夕まぐれ焼酎買ひて楽しく帰る

あぢさゐの

あぢさゐの衰ふるあり盛るありわが衰へはどの辺ならん

梅雨明のはげしき日ざしよろこびて玉蜀黍の葉群騒だつ

罪ふかく聞こゆるものか現地人の老らが歌ふ日本の軍歌

ほしいままに蔓延びたれば向々に翻り咲くのうぜんかづら

濁流に見るみるうちに薙がれゆく早苗田かなし映像なれど

つかのまの午睡のわれを打ちさまし丘の彼方に霹靂くだる

三伏の

三伏の暑に耐へて来し大欅いま騒然と驟雨に震ふ

われの死をおほよそ測りゐるならん墓処の案内次々に来る

咲きそめし百日紅の花蔭に残暑を凌ぐ老犬とわれ

蟬らにも安らぎがたき風の夜かまた鳴きいづる一群のあり

軽羅ゆゑ濡れてさほどの事なきに雨に追はれてわが急ぎゐる

季ながく垂れゐし辛夷の集合果朱にはじけてやうやく晩夏

噴水の

噴水のしぶく彼方にゆらぎゐる高層群また晩夏の入日
傍らに焼酎の壜並べるはまだ健やかなわれの証しか
台風の横断しゆく土地々々に住むわが友ら如何にかあらん
移りゆく秋の曇のひとところ黄にきらめきて彩雲うごく
峡深く来てなつかしむ幾重にも稲架つらなりて乾く稲の香
不気味なる老びとのごと家奥の柱時計が時きざみゐつ

黄落の

一九九六年

黄落のすすむ日毎にかの丘の白樺樹林いよいよさやか

訣別の心なりしか病院より電話をくれし二日後に亡し

秋の日の駅までの道今しばし来たる手紙を道すがら読む

夫君亡きのちの事業を引継ぎて励み来しさまその歌に知る

霧ふかき檜山杉山行きゆくも生業ゆゑに厳しかりしか

その業にまたしがらみに耐へながら生きゆく姿われは尊む

残りたる

残りたる選歌を卓に積みしままにしばし眠るもあはれならずや

絹雲の早き流れをまぶしむはわれ一人のみ地下駅出でて

その歌稿来らずなりて三箇月身罷りたるを人づてに聞く

電話鳴りチャイムが鳴りて一人居の吾の午睡の安からなくに

晩春の吉備路の丘を行きし日に君の愁ひをかすかに知りき

旧き家の五十基の墓守るとぞされぱいよいよ健やかにあれ

疾風の

疾風のごとくに孫ら三人が走り廻りてわれ立ちすくむ

温かき新冬の日のたまものかブーゲンビリアの花返り咲く

省みて良くも悪しくも一年のわが歌てのひらの手帳一冊

この家も老びとのみか高枝に柿はゆたかに熟れて残れる

木枯の音にまぎれず湯気噴きてゆふべ南部の鉄瓶が鳴る

四万十の川海苔奄美の焼酎にこころ足らひて歳を送りつ

行く水と

行く水と芒穂群の輝きを惜しむは老を積みゆくこころ

鐘の音は山河を越えて響くともつひに消しがたき罪障あらん

墳墓より発掘されしトルコ石その群塊のにぶき静かさ

錦木の紅葉のそばに老われもやや華やぎてうづくまりゐる

わが意見通らずマンション窓外の欅伐られて冬空広し

工事現場機材置場と競ふごとドラム罐にて廃材を燃す

新しき

新しき工場団地そばだちて煌めく灯火雪野に映ゆる

鎌倉の武士らに向きて仮借なき「刻々の死」を説きし道元

厳しかる季のこころか紅梅の花けぶるまで雪降りしきる

春一番日すがら荒れて対岸の丘陵の木々砂塵にけぶる

帰り来し遊覧船か波止場より楽しき曲がしばらく聞こゆ

生日のわれに見よとぞ春寒き灯下に冴ゆるむらさきの薔薇

咲きさかる

咲きさかる白木蓮はゆらぐなしいま春昼の刻が充ちゆく

寒暖の定まりがたく辛夷散り連翹咲きて春あわただし

つやだちて木蓮の花咲くかなた崖に刻まれしみ仏おぼろ

山峡のつねひそかなる沼の面を覆ひて今日ははなびら無尽

熱病みてまどろむ午後の夢のなか選歌の束がわれに迫り来

四階のわがベランダの夕闇を湧きのぼり来る花びらあまた

並みよろふ

並みよろふ布野の山々親しかり春遅くして梅花ほつほつ

み墓べの土いくばくか温むころ実生の欅むらがり芽ぶく

枯れ葦のけぶる中洲にひよろひよろと榛の木二本芽ぶく楽しさ

その幹の裂けてなほ咲く緋寒桜み寺の庭にわれは尊む

芽ぶきゆく山に百鳥のこゑ満ちて明王院の朱の塔しづか

夕光に花きらめきて散りしきる霊園の道たのしく帰る

晩春と

晩春といへど風荒るる一日ありポプラの芽ぶきいたぶる黄砂

かすかなる風のまにまに芽吹きゆく爛心木のかがよひ親し

盛りあがる丘の木原の新緑を染めてさやけき夕映わたる

遠き日の吹雪の旅をしのべとぞ今日賜はりし下北のうに

木々芽ぶく渓の明るさ雪解けの流れのひびきうぐひすの声

噴水のしぶきのなかに飛びはねて孫の太郎と良太かがやく

空梅雨の

空梅雨の日々ながきゆゑ紫陽花の辛うじて咲き忽ち枯るる

汗垂りて大き額縁かかへつつ新宿初夏の雑踏をゆく

この老の狡智を知れど道に会ふ明るさゆゑにわれは憎まず

小やみなく葡萄の若葉ふるはせて濃霧すぎゆくわれの頭上を

霧霽れて差す初夏の日に蒲萄棚の青き傾りのきらめきわたる

『大辞泉』成りてわが知る営々と励み来たりし友の歳月

白雲の

白雲の湧立つ如く初夏の日になんぢやもんぢやの花咲き盛る

鉄橋の下の浮浪者葦むらの野犬ら共にやすらかに見ゆ

花さかりゐしかの丘に熟れしもの今日卓上にかがやく桃は

夏の日にけぶるビル群眩しみてふたたび地上の街に降りつ

炎昼にきらめきをりし大公孫樹いま騒然と驟雨が包む

返り咲く木蓮の花二つほど残暑の道にわれは憐れむ

きぞの夜の

きぞの夜の寝不足ゆゑか昼すぎの炎暑の街にわが立ちくらむ

雲ひかる丘越えゆくは麦藁帽甚兵衛すがたのこの単純化

忽ちに減りし晩夏の蟬のこゑ孫と聞けれど孫悲しまず

散りしきる槐の黄花身に浴みて晩夏のゆふべ坂のぼりゆく

スーパーに立寄り木槿の花のべに憩ひて今日の散策終る

人工の渚に群るるユリカモメわれを恐れずすれすれに飛ぶ

草木に

草木に来ん年あれど鳴きしきる蟬のいのちはあと幾日か

百合ノ木の葉群衰へゆく晩夏根方に伸ぶる新芽のあはれ

台風の過ぎて広がる夕映に逆光の富士おぼろに赤し

秋の日をうなじに受けて世田谷の小さき電車に運ばれてゆく

曇日の廃園の道さむくして不吉に白くユッカ蘭咲く

秋宵の灯火明るき歯科見えて白衣の女医のうごくすがしさ

開発の

一九九七年

開発の進み来りて彼岸花咲くは墓地めぐる一区画のみ

貧しくて農を捨てたる裔なれど熟れゆく稲田行けば和みつ

吹きそめし木枯しの音身に沁みて初老のわれら町に別るる

秋の日にボール煌めく大道芸トニーダンカーの技冴えわたる

いくばくの稼ぎか知らず海彼より来りて楽しきこの芸人ら

みづからの芸にさながら遊ぶごと紅葉の下に演ずる一人

行商の

行商の野菜果物みづみづと灯にきらめきて路地暮れてゆく

今日散りし公孫樹の落葉おびただし風熄みたれば落葉も憩ふ

焼酎をすすりて歌を作るなど邪道なれども発想自在

感傷は変容しつつかの丘の外人墓地も荒れてゆくとぞ

彩りはかくさまざまに唐楓の紅葉さむく霧にけぶれる

歳晩の夜半わが卓の贅ひとつカサブランカの大き輝き

この年の

この年の最後の紅葉さらひゆく木枯の音聞きて覚めゐつ

唐辛子茄子らおほよそ皺みつつ一年の役終へゆく畑

少年の日の追憶をかなしみて年の瀬喧噪の町をゆく老

遥かなる沖ノ永良部の焼酎に心ゆたかに歳を送りつ

微かなる愁ひ湛へてガンダーラの青きみ仏ひつそりと立つ

霜白き土より立ちていちはやき臘梅の花透きとほり咲く

雪丘の

雪丘の起伏も木々も朝明の茜にけぶり年あらたまる

裸木の公孫樹のかなた瑞みづと白き夕月のぼりゆくなり

老びとをおびやかすごと上空に寒気団今日も滞るとぞ

月明の夜半にけぶりて木蓮のにこ毛の蕾ふくらみてゆく

冬の夜の湯のたぎる音少年の日も老いづきしいまも親しく

流感に臥して幾たび目覚むれば昼夜はながし窓の明暗

唐辛子の

唐辛子の畑枯れがれて皺みたる紅実は寒の夕映を呼ぶ

たちまちに冬の夕映終るころ焼酎提げて楽しく帰る

道のべに供へし花と罐ジュース悲しき景を今日も見たりき

計数の能力落ちてたどたどと税申告にひと日費やす

昼すぎて空腹ならん鵯ひとつベランダに来てわれを呼びゐる

すさまじき杉の花粉は多摩川を越えて降るとぞ昨日も今日も

地震すぐる

地震すぐるこの夕まぐれ道のべの辛夷の花ら微かにふるふ
風邪癒えし縕袍すがたの蓬髪が春のはやちに揉まれゆくなり
目覚めたる車窓はるかに安達太良の雪山はなれゆく春の雲
水しぶきあげ水脈ひきて川の面をいまかげり来る白鳥幾つ
白鳥の余しゆきたるパン屑に鴨ら寄りきて忙しく食む
ねぐらするひと群ならん暮方の岸の草生におぼろに白し

北上の

北上の岸べに友の摘みたりし蕗の薹うましわがいのち延ぶ

漬物がありて焼酎あればよし窓に桜の花散りしきり

チェロ奏者カザルスながき沈黙の激しき意志をわれは尊む

地下出でて来し大手町ビル街に春の稲妻とどろきくだる

すみやかに赤芽柏は伸びたちて紅透きとほる若葉いくひら

新葦のさやぎ聞きつつまどろむや根方に寄れる鴨ら川鵜ら

晩春の

晩春の空暮れがたくマロニエの立房の花咲きさかるなり

声きよき二人の孫を先だてて金の五月の花野を行けり

さざ波に揺れつつ鳰の浮巣見え雛の頭のうごくたのしさ

老杉のうろより檜育ちゐて共に繁りぬまさに神木

わが思ひ久しかりにし高千穂の峰を眼下にいま過ぎてゆく

テレビ見ずニュース聞かざる幾日か安けく旅を続けてゐたり

薄明の

薄明の木立に花の香は満ちて泰山木のひらきゆくとき

山桃の熟実が道に散らばりて人らいとへどわがなつかしむ

三陸の宮古の海の焼まつも浮かぶ味噌汁朝あさうまし

梅雨ふけのよどむ空気に苛だつや老大の蠅夜の部屋をとぶ

貝柱ねぶり水割飲みをれば車窓は暮れてすでに東京

坂の上にのうぜんかづら翻り汗喘ぎ来しわれをねぎらふ

梅雨いまだ明けぬといふにこの朝のひぐらしの声何を急ぐや

菜園の梅雨明けわれに告ぐるごとたうもろこしの葉は翻る

冷房に汗しづめんと買ふあてのなきスーパーをわが巡りゆく

気象図の乱れて台風迫りくる小さき日本列島あはれ

幼らをあたかも監督するごとくプールサイドにわが憩ひをり

蟬がらを手ぐさにしつつ老いづきし麦藁帽が丘降りゆく

海中より

海中より出でたる石に彫られゐし観音像の御顔おぼろ

台風の逸れゆきし午後穂孕みてさやぐ稲田のほとりになごむ

ショベルカー置場に憩ふ幾台が泥に汚れてさながら残暑

明方に覚めつつ思ふ口中のかかる渇きも老いづくしるし

一日のわが仕事かく果敢なかり添削百首雑文二枚

徴用令受けし直後か友とわれの学生服の写真を見れば

穂孕みし

穂孕みし稲田薙ぎゆく奔流の映像悲しいくたび見ても

中壜のビールを飲みて蕎麦食ひて秋日のわれの散策終る

十年を看とりし夫逝きしのち君に安らぎの歳月あれよ

乾燥のスープを溶かし缶詰のおかゆすすりて一人の昼餉

秋日照る川のもなかに常緑の木々盛りあがる〝木枯の森〟

速達の来たり宅配便きたり午睡の夢のやすからなくに

水のべの

一九九八年

水のべのアートモビルの反照を眩しみて立つ浮浪者とわれ

なづき病む孫を見舞ひて秋宵の賑はふ町をかなしく帰る

百余年生きつぐ大き鯉ひとつ水揺りあげてわれに近づく

刈あとの田の面に落穂多からん鴉雀ら今日のにぎはひ

秋ふかむ寒さを遁れ来たりしか小さき蜘蛛が机上にあそぶ

あと幾年生くるか知らず更けてゆく秋空至福のわがひとり酒

幾たびも

幾たびも木犀の香をよぎりつつ鎌倉の谷戸のぼりゆくなり
野良猫の意識も変化したりしか狎れなれしくわが足許に寄る
北風の当る側より黄葉して大き百合ノ木透きとほりゆく
びっしりと公孫樹のもみぢ散り敷きて丘の起伏は鮮明となる
新しき年迎ふれど老いづきしわれの気負ひはまことに微か
温暖化大気汚染のすすみゆく世を見定めてしばらく生きん

柚子浮ぶ

柚子浮ぶ湯にひたりつつ老びとのほしいままなる追憶いくつ

卓上にどんぐりの独楽回しつつ来ん年の運ひとりうらなふ

休耕の畑のかなたに爛々と大き日沈む冬旱ながく

ひと度も会はず賀状を交すのみかかるえにしも又よからんか

雪の日の餌乏しきか雀らはベランダに来てわれを呼びゐる

まどかなる黄月はいま昇りつつひとたび暮れし雪野を照らす

ひとたびの

ひとたびの雪に灼かれし寒木瓜に新たにひらきゆく花のあり
雪道に足すべらしし老われを下校の児らが支へくれたり
人間との共生長きゆゑならん漬物を食ふ犬がゐるとぞ
汚れつつ凍りゐたりし残雪を覆ひてふたたび雪降りしきる
流感の身を労りて着ぶくれて残雪ほとぶ道をゆくなり
祭典を告ぐる大いなる合唱の雪山遠くとよみゆくべし

かの丘の

かの丘の工業団地煌々と点りて夕べ雪降りしきる

残雪のうへに散りゐる八重桜瑞々としてかたち崩れず

流感の熱に茫々と眠るときあはれ選歌に追はれゐる夢

熱病みて酒飲まざりし三日間流感はわが肝休むるや

後頭部薄き男が電話しつつ街ゆく見ればわが息子なり

あたりめにマヨネーズつけねぶりつつ春の夜更のわが一人酒

わが友の

わが友のお通夜の読経聞こえつつ傍への部屋に鮨食ふわれは

相ともに貧しかりにき焼跡の瓦礫に坐して歌を語りき

今日散りし花びら遠く拉し去る夜の疾風の音とおもひき

杉生暗き一つの丘を包むごと桃咲きさかりいまぞ晩春

点滴を受けつつボトルの台曳きて喫煙室にいこふ患者ら

この夜半の卓に悼みつつあけぼのを待たで散りゆくあけぼの椿

満月の

満月のいま昇るとき咲きみちし老樹の桜あやしくけぶる

落椿うち重なりて腐りゆく老いてわが知る晩春の惨

れんげ田を楽しむごとくいちはやく蛙鳴きいづ四月尽日

めぐり来し季と思はん古き茶に新茶に似たる香のよみがへる

半歳の日々を木蔭に憩へとぞ欅の大樹繁りゆくなり

階ごとに異なる葬儀進みゐて葬祭会館今日の盛況

老われを

老われを恐るることもなからんに紫雲英田の雀一斉に飛ぶ

初出勤の若者とその母親かわが見るは現代ビル街の景

若葉さやぐベンチに選歌してをれば幼ら覗き老婆がのぞく

わが妻は忽ち緊急患者となりその車椅子押しゆくわれは

食欲のなきわが妻の病院食肴とりのわれが半ば食ひをり

みづからの食材提げて帰り来る梅雨つかのまの夕映の道

昼夜なき

昼夜なき点滴の液わが妻の静脈血栓癒しゆくべし

離り病む妻差当り思ふなく梅雨の夜ひとりの飯を炊きをり

叶はざりし想ひ演歌に託すとぞ唄ふ人らをわがさげすまず

老われと二人の孫と顔並めて試食のラーメン売場にすする

親亀の背に子亀らの重なりてまぶしき初夏の木漏日うごく

わがをらぬ集ひを友ら寂しむな飲みて食らひて語り明かせよ

水嵩の

水嵩の見るみる増して多摩川の中洲の草生ひたりゆくとき

カンパニュラの花の袋を覗くなど梅雨の夜更のわが僂ごと

雷鳴の遠ざかるときわれの行く谷戸にふたたび蟬の声満つ

一日花ゆゑに朝々咲き変はり道べの木槿花どき長し

飲食にかかはる日々の願望もかく微かにて老いゆく二人

わが家事の一日の終り生ごみを提げて深夜の階下りゆく

季のゆく

季のゆく悲しみひとつ道のべの蟬のむくろに蟻ら群がる

うら盆の役目を終へし茄子の牛きうりの馬が路傍に乾く

是非もなく皺みてゆかん手の甲を灯下に見つつ悲しむなかれ

病院の待合室に人群れて病者らにぶくナースら早し

老われの午睡さめよと対岸の稲城の町のチャイム聞こゆる

食材の袋を提げし老ひとり秋の夕べの陸橋をゆく

行方なき

行方なきこころといはめ昏れてゆく高層群に雨降りしぶく

木犀の花の香しるく立つところ過ぎ来てさらに深き宵闇

大病院の朝の人混みに揉まれをり患者の妻と付添われと

診察を受けゐる妻を待ちながら付添われは選歌つづくる

病者らも見つつなごまん病院の池にまどろむ親亀子亀

無料パスの老人多き循環バスその一人にてわが揺られゆく

噴水の

一九九九年

噴水のしぶく彼方にきらめきてアートモビルの形象たのし

曇日のさむき路面を急ぎゆく毛虫が見ゆる毛をふるはせて

路線バス通じてよろこぶ老らありわが町場末のこの活性化

秋ぐもり昨日も今日も垂れこめてつらなる稲架の乾きは遅し

スーパーを巡りて食材選ぶのもたは易からず老いてわが知る

互みなる病状告げて安らふや待合室に待つ老びとら

年々の

年々の哀れのひとつ百合ノ木の育つことなき根方の秋芽
この秋の野菜の値段高きことわれと行商の八百屋となげく
おびただしき公孫樹の落葉朝靄の霽れんとしつつ煌きやまず
脛長き若きらの蔭すり抜けて宵の渋谷の町くだりゆく
四万十のあまき川海苔ねぶりつつ初冬の夜の焼酎うまし
新冬の空冷えびえと晴れわたり落葉うづたかき丘を越えゆく

明るみて

明るみてゆく穂芒の原のうへただよふごとき白き残月

纏はれる蔦ことごとく黄葉して黒松林幹のはなやぎ

辛うじて病まざりしこと感謝して柚子浮かぶ湯に身を沈めをり

腐葉土となりて積むもの粉々に乾きて路上吹かれゆくもの

風荒ぶ未明に出でて拾ひしといふこの銀杏ぞあなかたじけな

ビル風に揉まるる鴉不用意に飛び来たりしかまだ幼きか

冬木々の

冬木々の丘伝ひくる街音は不況にあへぐ歳晩のおと

年々に長芋送りくれたりしかの老逝きて長芋も来ず

新年の日は富士山の南側わがふるさとの彼方に沈む

新しき手帳に交ごも書込めどさて恙なき一年なるや

屋台にてラーメンすする老われを若きカップル佗しみて見ん

咲きそめし紅梅の花暗めつつきさらぎの雪降りしきるなり

午睡より

午睡より現身さむく醒めしとき窓けぶりつつ雪降りしきる

満月の昇る頃ほひまんさくの黄花おぼろに咲きさかる見ゆ

夜の海に立ちこめをりし潮けむり春暁のいろに染まりゆく時

税申告終へたる老が咲きそめし小梅園をよぎりゆく見ゆ

晩酌の酔にひとときし眠りしが覚めてノルマの選評一つ

老われの紛れ来し春の遊園地ジェットコースター轟きくだる

白梅の

白梅の今日咲きみちて小さなる祠明るむ傍へに憩ふ

吹き荒るる春の砂塵にけぶりつつ遠州平野の大き日沈む

しののめの紅淡あはと及ぶころ白木蓮の花ひらきそむ

窓外の高速路ゆく物流の音にも馴れて午睡むさぼる

生前に送りくれたる粒雲丹を食みつつ悼む稲葉ツユさん

百歳の齢を越えてさらになほ歌ひ続けしこころ尊し

咲きさかる

咲きさかる桜のかなた湖は風明りして夕暮れんとす
山上に月のぼるころ暗みゐしダム湖おぼろに明るみてゆく
長き年月わが聞かざりし朝明のうぐひすの声湖面にひびく
遠き日の悲しみいづこ渡良瀬の流れに映えて芽ぶきゆく木々
萎えゆく花絢爛として崩るる花この晩春のあわただしさよ
残生の時をあたかも延ばすごと杖つきし老ゆつくりとゆく

新緑の

新緑の木漏日うごく山陰に湧く水ゆたか盛りあがりつつ

寺庭にきらめく細き流れあり水のいのちを見よといふごと

寝不足の老びとわれが敏捷に走るごきぶりつひに仕止めつ

酒飲みてゐるいとまにも容赦なくわが残生の時が過ぎゆく

吹きとほる初夏の風よろこぶやアートモビルもまた噴水も

過ぎゆきの痛みに触れず今しばし生きて新しき世紀を見んか

泰山木の

泰山木の花のかなたに大き月のぼりゆくなりこの夕まぐれ

田の土の荒れゆくらんか今年また蛙らのこゑ乏しくなりて

雨晴れし昼すぎなれば紫陽花のけふの表情見にゆくわれは

老二人の一週間の食材をショッピングカーに積みて帰り来

植ゑられしばかりの苗ら戦ぎつつ梅雨ばれ今日の夕日を送る

さざめきも又嘆かひも満ちゐしか長局暗き部屋続きつつ

湖岸の

湖岸の木立晴れゆく朝まだき春蟬のこゑ二声ばかり

乗換の駅に憩へばわが前を行き交ふ初夏のファッション楽し

生ごみを捨てに出で来し序でにて蝕すすむ月しばらく仰ぐ

騒然と雷雨にふるふ丘木々の木蔭をまろぶごとくに降る

島丘のかの甘藷畑しのべとぞ薩摩焼酎が今年もとどく

手掘坑夫木積留また砕女など足尾の山に生きし人びと

朝明の

朝明の近きを告げて卓上の木槿の莟ほぐれゆくなり

月明の場末をともに帰るときわが少年も感傷をもつ

批評一つ書き終へし夜半焼酎に心なごむも哀れならずや

夜の驟雨過ぎんとしつつやみがたきものの如くに蟬鳴きしきる

老いてなほ見え来るまこと歌ひたる三枝氏また安斎ノブさん

働かざる雀らゆゑにすべもなし稲田の網にはばまれて飛ぶ

秋暑き

秋暑きこの夕まぐれ遠き世の商家つらなる町を過ぎゆく
昇りつつ月冴えゆけば水島のコンビナートの灯火けぶれる
降圧剤胃腸薬など携へて三日の旅のわれつつがなし
少年の感傷老いてなほ消えず稲架乾きゆくこの匂など
乾きゆく稲架をめぐりていちはやく青き蘖伸ぶる親しさ
歌句あまた書き散らしきて一年の黒き手帳はよれよれとなる

月明に

二〇〇〇年

月明に潮いぶきたつころほひか瀬戸の島々すでにまぎれて
目覚めつつまた微睡むも哀れなり風邪の身うとき秋の午すぎ
午後一時の物流倉庫に町内のパートの主婦ら出勤し来る
時ながく咲きつぎしかば道のべのおしろいの花すでに匂はず
秋ふかむ寺山の道くだりゆく団栗二つもてあそびつつ
風熄みし穂芒の原遠々にねぎらふごとく夕映わたる

年々の

年々の哀歓ありて公孫樹黄葉散りしきる道今年も歩む

木枯しの吹きやまぬ夜灯の下に鮭の切身の朱あざやけし

わがうちにうしほの力充ち来るや焼酎〝奄美黒潮〟飲みて

柿の木の四五本ありてびつしりと熟れし実光る充足のさま

権力を奪はんとする暗闘も遠き歴史のことにしあらず

燦然と黄に輝きし公孫樹ひと木今朝散り果ててすつきりと冬

紅葉の

紅葉のはなやぐ奥にみ堂あり堂暗くしてみ仏おぼろ

風凪ぐを待ちゐしごとく枯葦の原のかなたに夕月のぼる

ビル一つたちまち竣りて新しきガラスの壁の反照を浴む

少年の孫の二人が隣室にわがなりはひを話題にしをり

騒がしき落葉の季の過ぎしかば憩ひに入らん丘の木原は

歳晩の音あふれゐる坂下の夕べの街にわが降りゆく

朝の日の

朝の日のまぶしき池面薄氷のうへたどたどと鴨らはあゆむ

降る雨はみぞれとなりて山茶花のくれなゐの花次つぎに散る

木枯しのやうやく熄みし夜更けに泡盛飲みて眠らんとする

木蓮の芽のふくらみて梅花匂ふ朝明きよきわが遊歩道

われの撒く餌を遅しと庭木々の枝に雀ら二十羽が待つ

くれなゐの雲たなびくと思ふまで夜明の苑に梅咲きさかる

立春前後

漬物と塩鮭ありてまづは足る玄冬夜半のわがひとり酒

武蔵野の古刹にあふぐみ仏は冬の木立の風聴きたまふ

風かよふ堂のほとりに晒されて賓頭盧さまの罅ふかみゆく

丘のべのかのビル群も降りつのる夕べの雪に閉ざされてゆく

高速路の夜の吹雪のかなたより対向車の灯次つぎに湧く

きさらぎの大温室になだれ咲くブーゲンビリア現ともなく

バレンタインのチョコレートそのおこぼれが初老の吾の口中に入る

白梅の花のこずゑを離れつつ透きとほりつつ半月のぼる

早春の夕映の道帰り来るショッピングカーに食材積みて

落し主の少女はいづこ拾はれてポストのうへに光るブローチ

いくばくの智慧を積みつつ老いゆくや積み来しものの朧となるや

早春の雪降りしきる坂の町今日ゆくは税申告のため

残雪の丘のなだりにいちはやき山茱萸ひと木黄にけぶり咲く

スタジアム建つとぞ遠き北空に春の砂塵をまとふクレーン

三方より首都圏の音包み来る多摩丘陵の先端に立つ

〝久米仙〟といふ泡盛にあやかりて老いづくわれも危ふく飛ばん

雪被く

雪被く藁の奥がにやすらふや寒の牡丹の大きくれなゐ

風明り広がる池の反照に白梅ひと木さらにかがやく

孫二人われの巡りにはしやぐとき哀れこの世のつかのまの幸

晩春の丘といへどもきびしきか杉花粉とび黄砂にけぶる

ほつほつと半纏木の芽ぶくとき若芽の形もすでに半纏

木々芽ぶく傾りが風の陰ならん蝶ゆく径のありてたのしき

芽ぶきゆく

芽ぶきゆく赤芽柏の透きとほり音絶えしこの春昼のとき

めぐりなる木々の若葉の反映に朱古びたる塔もはなやぐ

ベランダの風に頭毛吹かれゐるわれの馴染のひよどり一つ

書棚より取りて大辞典ひらくさへ老びとわれの運動のごと
日すがらの曇はおもく丘陵の木群盛んに芽ぶきゆくとき
昼酒を飲みてつかのままどろめる老を哀れと思はばおもへ

武蔵野の

武蔵野の野川の流れ乏しきに岸べ盛んに草萌ゆる今日
かすかなるわが遣繰りはタクシー代節約し焼酎一本を買ふ
月明の夜のたのしさ老われと二人の孫と影曳きてゆく

マロニエの立房の花咲きさかるモンマルトルの丘偲べとぞ

蛙らのこゑ静まりし夜の更けに寝ぼけし一つか声低く鳴く

草創のころより運河支へくれし彩子夫人をいまぞたたへん

つかのまの

つかのまの梅雨の晴間に陸橋を行く車両みな勢ふごとし

風雨荒るる森の彼方にランドマークタワーの灯火明滅しきり

甘栗の見本貰ひて食みながら中華街暑き雑踏をゆく

風明り移ろふ沼に郷愁の点景として川舟ひとつ

あぢさゐの花の向うに枇杷熟れて関りなきこの対応もよし

わが団地に酒飲み何と多きかと空瓶の嵩見つつおどろく

サハラ砂漠

サハラ砂漠また地中海ありありと宇宙船エンデバー神の如ゆく

地下道を出でて仰げば高層のビルけぶるまで梅雨ふけわたる

すがすがと合歓けぶり咲く花蔭にひと息つきて坂のぼりゆく

暑き日の選歌に励むわれなればすててこ姿咎むるなかれ

徹夜終へて一人和ぐとき焼酎のオンザロックに夜明のひかり

歌ごころ涸れて見えくる風景のその荒寥に耐へんとぞする

銀座にて

銀座にて写真撮らるる老われをＯＬらみないぶかしみゆく

行く道の晩夏のあはれいづこにも蟬の骸とみみずのむくろ

雑然とワゴン車内部見えしかど近づけば器具資材整然とあり

枝豆の普遍的なる親しさか酒店にて食み帰りきて食む
虫の音のしげき夕べの菜園に老のこころは暫くあそぶ
その夫のみ骨を遠く納めんと印度旅ゆく君を尊む

速かに

速かに秋に移ろふきびしさか未明の雷のこの轟きも
栄光はさもあらばあれ寸秒の差を競ふこの選手らすがし
忽ちにめぐりは暮れてひと叢のユッカの花らおぼろに白し

当然のごとくに酒を飲みをれど酒もつまみも人のたまもの

いづこにも金木犀の匂ふ道ショッピングカー曳きてわがゆく

年々にはざかけの稲増えゆくを老いし農夫とともによろこぶ

凩に

二〇〇一年

凩に立つ百合の木は空巣一つあらはになりてたちまち冬木

柿赤く熟るる向うに営々と青実太りゆく果梨またよし

池のべと水面の境見えぬまで落葉おびただし立冬の今日

疎み来し父祖とおもへど健やかにわが在るはその遺伝子ゆゑか

忙しき歳晩なれど焼酎の〝島美人〟ありて凪ぎゆくこころ

ともる灯の乏しきゆゑに浄水場を包む冬靄ことさら厚し

雲南の

雲南の産といふ田七人参に支へられゐるわが肝臓か
多摩川の流れのかなた穂芒のほしいままなる銀の輝き
紅葉の枝の重なる下蔭のひそけき音は水湧くところ
ふるさとの秋を惜しめと富有柿また次郎柿卓にかがやく
夕映の野川のほとり草枯れて乏しくなりし水光るのみ
歳晩の食品街の喧騒に老びとわれも揉まれゆくなり

遽しく

遽しく人逝きたればふるさとの大つごもりの葬儀に急ぐ

大歳の葬りを終へて帰りしが年明けてまた訃報のとどく

企業負ひて苦しかりしかわれの知る経営者一人忽然と逝く

極寒の雪野に立ちて移りゆくサンピラー現象の映像まぶし

わが路地に汚れてながく残りゐる雪くれ一つまさに老醜

若き日の吾らを過ぎて行きしものイデオロギーの惨といはめや

風呼びて

風呼びてどんどの炎猛るとき幼児とわれ共に声あぐ

没つ日はいまだ眩しく雪丘のなだりの木々の曳く影ながし

用ありて遠く来たれど残雪の八王子の坂わが行きなづむ

言葉一つ追ひつめてゆくかかる夜半わが濃密の刻といはめや

戦争に殉じ革命に殉じたる悲しき世紀送らんとする

伴ひて聞きし故郷の松風を育ちしのちに孫ら偲ばん

食卓の

食卓の陰に焼酎数種類あれば豊かに年を越えたり

ほつほつと消残る雪も親しかり春まだ遠き雑木々の丘

乗算の九九たどたどと諳んじつつ下校して来る少女が一人

税務署を出て銀行に急ぎをりわが生日のこの忙しさ

夕ぐれの街に別れて二時間か君の事故死を聞きて息呑む

忽然と君逝きたれば生と死のこの不条理を受けとめがたし

人気なく

人気なく雪降りしきる釣堀の魚らも今日は安らぎをらん

夜の道の行手おぼろに明るむは辛夷の花の咲きさかるらし

没つ日の射しとほるときいましばし花の奥がの花も明るむ

わが母と知らずに逢ひに行きし日も七十年の過去となりたり

一斉に声あぐるごと群れ生ひて赤芽柏は芽をひろげゆく

われの知る絞りの椿咲くころか今朝は逢はんと遊歩道ゆく

この春の

この春の花びら流れ雪ながれわが生遠くただよふもよし

月明に冷えゆく夜半の花を見てうま酒飲みてわれも眠らん

どんど焼の跡黒々と残りゐてめぐりにれんげ咲きさかる今日

白みゆく春のあけぼの小園の乙女椿もひらきゆくころ

まどろみてをりし春昼窓下に落ちしは大き椿の花か

忽ちに峡の新緑ひろがりて廃屋いくつ紛れゆくなり

越後湯沢

越後湯沢過ぎたる峡のいづこにも雨にけぶりて桐の花咲く

須曽蝦夷の塚の玄室分たれて雌雄二つのあるを悲しむ

霽れゆかん古墳の丘をめぐりつつ松蟬の声いまだをさなし

新緑の傾りに遅く芽吹く木はあすなろゆゑにおほよそ暗し

遠く来し能登の港の引込線あかく錆びつつ夏草のなか

二合ほどの昼酒飲みていましばし七尾の町に別れを惜しむ

ひとときの

ひとときの雷雨を避けて大手町地下飲食街抜けてゆくわれ
佐太郎を論じて神保町行きたりき小暮政次氏も既に世になし
梅雨の夜の行手の闇にそばだちて幻のごとユッカ蘭咲く
雨雲の霽れゆくときに山裾の早苗田家居わがなつかしむ
七月の猛暑をさらに掻きたてて連呼の車町々をゆく
梅雨晴れの朝の光に向う側のホームの売店輝きわたる

暑き日の

暑き日の午睡なりしが見る夢は壺中の老のごとくに多彩

嘆かひの消ゆるともなく暑き夜の蝕尽の月目守るひととき

北国の山に熟れたる山葡萄の果汁を飲みて疲れを癒す

哀れなる老と思ふな食材を買ふ楽しさを老いてわが知る

マンションのいづこの部屋か棚経の低き声して鉦を打つ音

ふるさとへみな急ぐとぞ窓外の中央高速の渋滞が見ゆ

昼の雷

昼の雷とどろくときに傍らの大き向日葵かすかに震ふ

台風の余波過ぎゆかんかかる夜に切なきまでに蟬鳴きいづる

もぢずりの群落ありて一斉に咲きのぼりゆく今朝の壮観

様々の焼酎あれどかの島の薯焼酎の渋味ぞよけれ

この国の歴史とともに長くながく働きし船ああ信濃丸

過ぎゆきし勤めの日々の去来する老わが夢のあはれならずや

秋天の

秋天のあまねき方位つつむごと蘂ひろげ大き曼珠沙華咲く

ハイテクの世とも思へず八百屋来て魚屋来たるわが町の路地

咲きそめし金木犀の香を浴みて午後のベンチに暫しまどろむ

秋蟲の声衰へし夜半の刻今日の選歌にわれも倦みゆく

コスモスの乱れ咲きゐるその向う古りし六地蔵の御顔おぼろ

デパートの地下の老舗に今日買ふは巻繊がんもと絹ごし一丁

身をもたげ　　　　　　　　　　二〇〇二年

身をもたげ潮まねきゐる蟹あまた干潟のはての入日をも呼ぶ

移りゆく秋雨前線追ふごとく東北道を今日ひた走る

雨霧の層移りつつ紅葉の傾りはつかに見ゆるつかのま

秋さむき夕べの駅に別れしがその三日後に忽然と逝く

峡遠く来たれば落葉深々と積る棚田のこの親しさよ

遠きわが原郷のごと穂芒のなびく彼方に杉生は暗し

風邪癒えて

風邪癒えて小さき旅に出でて来し友に会ひまた紅葉を見んと

紅葉の散りしきる峡行きゆきて老のひと日の心を放つ

蒼々とゆく谿水の反映になだるるもみぢ透きとほるごと

午後四時の夕光さむく紅葉の崖いちはやく翳りゆくなり

残生をわが思ふとき紅葉の谿に遊ぶもあと幾たびか

朝霧の霽れんとしつつ高はらの傾りの木原いまだ暗しも

雪嶺の

雪嶺の傾りを越えし夕雲は金に映えつつ遠ざかりゆく

新年の日は耀へど人海のかなたに寒き埋立の丘

たちまちに驟雨に暗む湾岸の船の灯あまた次々ともる

遥々と送られ来たる焼酎のブラック奄美に新年を祝ぐ

潮泡に揉まれし命の果なりきわが口に入るちりめんじやこも

ベジタリアンまたデパ地下といふ新語老の投稿にて吾は知る

物々しき

物々しき寒気団今日もとどこほるわが友の住む輪島上空

添削の百首余りに疲れつつ寒の日午後の睡りもあはれ

亡き人の送りくれたる薬剤を日々飲みつぎてわれ健やけし

曇より洩れくる寒き光芒に丘の木原は遠くけぶれる

次々に乱雲過ぎて午後四時の丹沢の空を彩光わたる

紅梅の花咲きそめし下陰を病む脚曳きてしよぼしよぼと行く

地下出でて

地下出でて来し大手町ビル街にひととき冬の雷鳴りわたる

老木の花も若木の白梅もともに耀ふ枝交叉して

せまり来る順番予告するごとくわが同世代次々に逝く

咲きそめし紅梅われを待つらんと小公園の奥に入りゆく

禁煙し焼酎の量減らさんとおもへど差当り両方は無理

スーパーに食材選ぶその老を憐れむわれもすでに老びと

乱れ降る

乱れ降る早春の雪身に受けて秩父の坂を今日のぼりゆく

病身のひと生清かに生きたりと君を悼みつ早春の夜に

空港を次々発ちてゆく機影春のくもりの奥にまぎるる

五十年の仲らひなりしわが義弟花咲きさかる春の夜に逝く

散りしきる桜のかなた瑞々と欅のひと木盛んに芽ぶく

芽ぶきゆく木原は遠くけぶりつつ多摩丘陵の最勝のとき

春雷の

春雷のとどろく夕べ道のべの白木蓮の花びら震ふ

四五本の枝垂桜の咲きみちてなだるる花を渡る風見ゆ

咲きさかる花に倦みたる老ひとり海に向ひて降りゆくなり

地下街に水割二杯ふるまはれその分だけのわが小歌論

びつしりと椿の花の散りしきし晩春の墓地よぎりて帰る

花水木咲く下土の明るさに出で来たりしか黒蟻早し

晩春の

晩春の日に温みつつ遊歩道の古きベンチがわれを待ちゐる

ベンチにてたばこ吸ふこの暇にもわが生刻々過ぎゆくものを

辛うじて選歌終りし午前二時至福のときといひて酒飲む

雪解けの水かさ増して北上の岸の柳は盛んに芽ぶく

新緑の翳りは日々に深みゆくわが窓近き欅のひと木

囲炉裏焼きなどといふともこの烏賊は原産アルゼンチンの沖とぞ

六月の

六月のポプラの大樹つらなりて石狩平野の風を呼びゐる

石狩の大き流れは草丘の裾を洗ひてしぶきをあぐる

旅なれば病むわが脚をいたはりて砂丘の道遠く歩まず

浜なすの群落遠く乱れ咲き丘すれすれに草ひばり飛ぶ

青葦の風に吹かるる渚あり根方に寒く水泡たゆたふ

浜茄子の騒だちやまぬ原の道風に逆らひわが帰り来る

降り立ちし

降り立ちし川の渚の寂しさか流木白く風に乾きて

大どかにうねりて海に入るらしく石狩河口ここより見えず

焼酎の水割飲みてをりし間に海底二十三キロ忽ち過ぐる

津軽弁の媼が二人空港にけさ捥ぎしとふさくらんぼ売る

実験機発射直後の広き野をカンガルー一つ逃れゆく見ゆ

亡き人の蓄へ置きし松の根を燃してそのみ霊迎へんとする

針槐の

針槐の群落ありて初夏の日に枝をたわめて花咲きさかる

うま酒を惜しみつつ飲むわが前に二人の孫の鮨食ふ早さ

炎暑続くかの団地群つかのまの午後の驟雨にけぶりゆく見ゆ

賜はりし鴨入りの味噌ねぶりつつ残暑をしのぐ老びと二人

農ならぬ老びとわれも穂ばらみを確めながら田の畦をゆく

もみぢ葵といふくれなゐの五弁花が晩夏の畑に忽然と咲く

彼岸花

彼岸花咲きさかり空冷えわたりやまびこ号は東北に入る

峡空に月のぼるころ谿の湯に皺みし老の身を浸しをり

露天湯の湯けむりのなか男らの黒き頭のゆらぐあやしさ

穂に出でし芒と足を病むわれと浄土平の風に吹かるる

荒々しき吾妻の嶺を降り来て林檎熟れゆく盆地の親し

流れ来る金木犀の香を浴みて朝あけの坂のぼりゆくわれ

台風の　　　　　　　　二〇〇三年

台風の余波過ぎしかば倒伏の稲田の窪みいくところ見ゆ

わが妻の作りゆきたる惣菜を食ひつなぎつつ三日目となる

蠟のごと咲くユッカ蘭冷えゆかん彼方に白き月のぼるとき

茫々と穂芒の原靡きつついまだ明るし沼暮れしかど

杖つきて病む脚曳きてゆくわれに老の哀れを友ら見るべし

明朝の食材あればそれでよし一人ぐらしをわが悲しまず

浜道に

浜道に出で来し媼とゆきずりのわれとが秋の夕日を送る
島山の秋ふかむころ夕凪ぎの渚に出でてどんぐり拾ふ
うばめ樫の群落島をおほへれば海に落ちゆく実も多からん
海暮れていくばくののち入りし日を追ふごと細き月落ちてゆく
紅葉の木の間にしぶく滝見えて小さき虹が次々に立つ
夕映は遠くわたれど紅葉の梢こずゑは早くも暗む

入院の

入院の妻を送りて黄に熟るる花梨並木の道遠くゆく

食べごろを分かち記して一人居のわれに賜はるこの煮豆はや

さやぎつつ花咲きさかる蕎麦畑の向うを秋の川光りゆく

季はやき雪降りつめば散りをりし花水木の実紅にうるほふ

わが妻を見舞ひて来れば多摩墓地の上に透き通る冬の月出づ

病む妻のしはぶきすらも怖れつつ大つごもりの夜を送りつ

歳末の

歳末の街の賑はひ思へども脚病むわれは恐れて行かず

少年の日に見て老のいまに見るどんどの炎のこの親しさよ

朝明の雪をはらひていちはやく葦むら風に乾きゆく音

わが妻の病癒えよと薬師堂に祈りくれたりあな忝けな

癒えてゆく兆しならんか寒の夜の妻の寝息のやうやく静か

雪残る坂に滑りし老われを女子高生が支へくれたり

妻病みて

妻病みてきびしき冬の過ぎゆかん辛夷の花芽ふくらみそめて

いささかの税金還付受くるべく霙ふる坂わが降りゆく

をみな児のなき老われら木目込みの小さき雛を飾りてなごむ

病む脚を曳きてわがゆく限界は郵便局とコンビニの店

降圧剤また痛風の薬などなじみしものら卓に粒々

鉢植の山茱萸なれど百あまり花けぶり咲く眩しきまでに

枯葦の

枯葦の原暗むころ多摩川の乏しき流れいまだ光れる
老われを待ちをりしごと咲きさかる苑の奥がの紅梅ひと木
あふれくる雪解け水にうながされ岸べの柳芽ぶかんとする
沈丁花のしるき香りをよぎり来つながき流感やうやく癒えて
一斉に黄緑の泡噴くごとく日向みづきの花咲きそめつ
丘のべに枝垂れ桜のひと木あり咲き極まりて雨にけぶれる

老残の

老残の醜さに似て木蓮の花は次つぎ崩れゆくなり

散るさまをわれに見よとぞ花片は四階の窓に吹きあがり来る

いとまある老と思ふな晩春の苑のベンチも選歌の場所ぞ

鞆の浦行きて友らの焼きくれし〝にぎり竹輪〟を喜びて食む

残雪の野にいく日か啄みて雁らはさらに北へ飛ぶとぞ

新緑の繁りて日々に暗みゆくかなたに五月の残照ながし

脩竹を

脩竹をめぐらす奥に農家あり竹の陰より媼出で来る

のろのろとキャベツの丘を過ぎゆくは赤字経営の一両電車

衰へしわが脚癒えてゆくべしと仏の大き足型を踏む

岩礁に寄る白波のもの憂くて昨日も今日も雨降りしぶく

微かなる音あるごとく大樽に味噌のもろみの醸されてゆく

濁り波重々として利根川の広き河口を遡り来る

紫陽花の

紫陽花の藍のうるほふ花のべに老いしわが顔寄せてゐたりき

暑き日の埼京線を遠く来て終のすみかを決めんとぞする

モデルルームめぐりて妻は気負へども脚病む吾は既に疲るる

梅雨明けの暑き日差しを喜ぶやたうもろこしの葉群のそよぎ

秋篠の寺のみ仏相共にをろがみし人すでに世になし

浅宵にまぎれ来たりし金ぶんがわれの机上にしばらく憩ふ

梅雨明けの

梅雨明けの近きといふにかの里の人ら埋めし土石流の惨

その形あやしき辛夷の集合果裂けゆく見えて梅雨明けとなる

大よそは顔なじみなる安けさにわが住む町をゆく路線バス

梅雨明けを待ちわびをりし蟬幾つ地を出でて木々の幹登りゆく

今朝あたり殻を脱ぎたる蟬ならん網戸に縋りわれを呼びゐる

飛ばされしわが藁帽子多摩川のどの辺りまで流れゆきしや

梅雨ながく

梅雨ながく羽化の遅れし蟬いくつ短き夏を惜しみつつ鳴く
台風の荒ぶるなかにみづからを悼むがごとく蟬鳴きしきる
ふりしぼる声を背後に槍投げの槍美しき弧を曳きて飛ぶ
ひとときに飲むにあらねど諸焼酎麦焼酎をならべて楽し
朝明の農道の辺の一ところもみぢ葵の緋のいろ驕る
離れゆく町と思へばこの路地の朝な夕なの音の親しさ

八王子の

八王子の坂の路面をけぶらせて晩夏の驟雨たちまち下る

ある時は血縁よりも近かりし君とわれとの長き交はり

遠ざかりゆく一群は椋鳥か荒川越えていづこに帰る

秋の日は低くなりつつ雲間よりさむき光芒幾すぢも落つ

川岸の幾ところにも盛りあがり薄の穂むら夕映に染む

荒川のほとりを行きてわが聞くは暮れゆく秋の東京の音

凶作の

二〇〇四年

凶作の年といへどもつらなりて稲架乾きゆく香のなごましく

音響はわが脳髄をゆすりをりかかる検査にて何が解るや

少年の日の哀しみの還るまで稲架のかなたの寒き残照

浮浪者の日々の単純羨しみてわが雑品を次つぎ捨つる

残生の日に幾ばくか読み得るや古書もろともにわが移りゆく

滝山より府中へ更に大宮と家族減り家財殖えゆくは何故

青年の

青年の水上スキージャンプしてわが知らぬ上流へ遡りゆく

段ボールの荷に紛れゐし焼酎を飲みて引越しの疲れを癒す

易々と子に従はぬ老われら子の住む町へつひに移りし

幾つもの町に住み来て何処からも富士の見ゆるをわが幸とせん

大き手の印度人ラハド氏と握手して住み馴れし家の売却終る

新しきゲームソフトの安売店孫らとめぐりほとほと疲る

三十年

三十年わが親しみし家具いくつ置去りにして移り来たりし

新しきリビングに古き卓据ゑしのみにて安らぎゐる老夫妻

界隈を縄張りとする鴉ならん移り来しわれを窓より覗く

脳梗塞の古き痕跡見せられて気付かず過ぎしを幸ひとせん

腰痛の類型として横たはりわが腰ゆつくり伸ばされてゐる

香焚きて彼方の富士に祈りたるモンゴルの老のこころ偲びつ

あたたかき

あたたかき枯草むらにひそむごとをれば霍の音のやすけさ

生前に送りくれたる塩雲丹をねぶりつつ逝きし君を偲びつ

病む脚のリハビリのごと駅の階を人に遅れて昇りゆくわれ

早春の木々の芽ぶきをわが見んと高尾の山の残雪を踏む

日すがらの靄に閉ざされゐたりしがいま残照に見え渡る富士

若き日のわれに似たるや酔ひ痴れて隣棟の階のぼりゆく人

きめられし

きめられし錠剤飲むを忘れゐてこの寒の日々わが恙なし

蠟梅の黄に透きとほる明るさを浴みて秩父の坂のぼりゆく

春一番の風によろめく老われを路地出でて来し猫が見てゐる

リハビリより税務署へまた内科へと老のひと日のかく慌し

白梅の苑の奥がに紅梅の咲きけぶる見ゆわれを呼ぶごと

クサンチッペの声今日はなし医院より帰り来るわが哲学の路地

早春の

早春の影けぶりつつアカシアの樹林芽ぶかん前の静かさ

地下駅の出口俄かに華やぎて春ときじくの雪乱れ降る

木々芽ぶく山の傾りに排気ガス吐きて箱根を越えゆくわれら

あわただしく花散りしきる丘のうへ白雲遠くゆつくりとゆく

暗みたる夜の桜花を明るめて円かに月の昇りゆくとき

音もなく冷えゆく夜半の月明に遠く流るる花びら無限

花どきの

花どきの過ぎて若葉の繁りゆく桜並木のその影親し

晩春の空暮るるころ老二人の惣菜買ひて町より帰る

登りゆく秩父の山の新緑は湧き立つごとく傾りを覆ふ

われよりも症状重きこの患者優越感をもちてもの言ふ

掘らるるを免れたりし筍ら日に日に伸びてゆく様たのし

いくばくか残るわが邪気払はんと菖蒲浮く湯に身を沈めをり

玉砂利の

玉砂利の雨の庭より立つ湯気に橿原の宮のみ社けぶる

雨の夜の線路光りて踏切を渡りゆく黒き二三人見ゆ

新緑の木群を抜けて重々とそばだつ塔の全容を見つ

紛れ来し骨董市の賑はひに揉まれゆくなり汗垂らしつつ

抜けてゆく骨董市のひとところ大正時代の蓄音機鳴る

幾とせを経てボタ山の芽吹きゆく涙ぐましき映像ひとつ

しらじらと

しらじらと夜の明くるころ残月は大菩薩峠の彼方に低し
黒き実をあまた落してわが町の桜並木も梅雨ふけわたる
むらさきの木槿と赤き百日紅路地をへだてて呼び合ふところ
収穫は乏しからんか里芋の広葉炎暑に枯れゆくあはれ
茄子太りトマト赤らみ温みゐる小菜園の充足のとき
脚を病むわがためバス停手前にて乗せくれしこの運転手偉し

凌霄花の

凌霄花の朱暮れがたくひるがへる頭上二尺のこの小宇宙

酔醒めし夜半物おとの絶えをりて寒き死の渕ただよふごとし

打ち続く炎暑しのげず逝きたるや老の訃報の相次ぎて来る

楽しげに聞く人あらん脚を病むわれの噂が伝はりゆきて

リハビリより帰りしわれを犒ふごとコップ一杯の冷酒を飲む

霊園のなだりの木々をゆるがして晩夏の午後の蟬鳴きしきる

縁日の

縁日の店にふくらむ綿菓子に老つかのまの感傷あはれ

上尾久の通りをゆけば街路樹の姫林檎の実散りゐるところ

容赦なき台風次つぎ襲ひ来る瑞穂の国のかかるかなしさ

熟るる田の早稲と晩稲を区切るごと鶏頭の紅畦に延びゆく

菜園の紫蘇の葉群をわたり来る風清しみてわがしやがみゐる

リハビリに通へる道も楽しかり柿熟れ柘榴色づきゆけば

梅花藻の

梅花藻の花をやさしく揺らしゆく牛渡川一・五キロの流れ

夜更けに酒飲む老の足もとを嘲るごとくごきぶり走る

縄張りを巡回中の白猫と夜明の路地に行き合ひしのみ

コスモスの群れ咲くかなた湖に風明り立ち富士見えわたる

いづこにも芒の穂群耀ひて裾原遠く老われらゆく

鳴きわたりゆくかりがねの一つらはこの裾原のいづこに宿る

長かりし

二〇〇五年

長かりし残暑の日々の過ぎゆきて木犀の香の路地にあふるる

近々と照り翳りする富士見つつ三つの湖を今日めぐり来し

台風は常陸の沖に抜けたりと聞きて夜更の酒少し飲む

おしなべて厚き夜霧の閉ざしゆく新都心また場末の町も

朝霧の霽れゆきしかば路地奥に熟れし柿の実あまた輝く

広報車の尋ねつつゆく徘徊の老人の齢われより若し

次々に

次々に映されてゆく老われの臓の曼荼羅楽しともなく

洞窟を行くごと内視鏡進むときポリープ幾つありありと見ゆ

柿熟れて公孫樹かがやく道なれば一キロ行く間に歌三首成る

湿原に蘖けぶる彼方にて新しき都市のビル群光る

枯葦の続く水路と刈田あり寂しき景をわがなつかしむ

帰り来し夜霧の路地に柿落葉いちやうの落葉濡れてかがよふ

狐色の

狐色のマフラー巻きし老われをめぐりて公孫樹の落葉流るる

熟柿のまま年を越すひと木あり雪原に曳く影も親しく

年祝ぎのお飾り買ひて帰るとき行き会ふ老も同じ品もつ

この町のすべての音を閉ざすごと夕べ茫々と雪降りしきる

つかのまの映像なれど恋ほしかり冬の花火が雪野に映ゆる

残雪の汚れし路地をつらぬきて一月二日の没つ日が射す

稚内の

稚内の雲丹と奄美の焼酎に心ゆたかに年の瀬を越ゆ

リハビリのベッドに寒く横たはり十分ほどの瞑想終る

黒土を押上げて立つ霜柱生なきもののかかる清浄

紅梅の花のかなたに痛々しく削られてゆく武甲山見ゆ

残雪を踏みて老われら登りゆく山深きこの結願の寺

崖暗き陰より水の湧きをりてめぐりの岩も苔もうるほふ

わが脚の

わが脚のいくばく癒えて今年また秩父の山の蠟梅に逢ふ

蠟梅の花咲きけぶる明るさを浴みてわがゆくこの丘のみち

巡礼の納めてゆきし杖あまたみ堂の軒の下にしづけし

雪原を染めゐたりしが荒川のうへの朝焼短く終る

夕映の路地のたのしさ残雪のうへに紅梅の花びらが散る

漸くに確定申告終へたれば焼酎買ひて帰る夕ぐれ

老妻の

老妻のすでに眠れば春宵のほしいままなるわが独り酒

植樹していくばく経しかこの町の桜並木の花弱々し

おろそかに昼の睡りをむさぼればわが残生のひとときが消ゆ

おもおもと桜の老樹咲き満ちて揺らぐともなき春昼の刻

かの丘のわがおくつきをめぐりつつ今年の桜散りしきるとぞ

排気ガス滞りゐん東京のあけぼのを見てふたたび眠る

咲きさかる

咲きさかる菜の花畑の向うにて朱古りし塔やすらかに立つ

残月の沈む未明のわが窓に真紅の薔薇は密かにひらく

むらさきの藤の花房そよぎつつ客待つ分譲墓苑も見ゆる

街路樹の若葉の光まぶしみて車椅子連ね来る施設の老ら

安倍奥の霧のなだりに育ちたる今年の新茶尊みて飲む

新緑の樹々盛りあがる彼方にて白きビル白きドーム輝く不安

ひとときの

ひとときの春雷とよみ老われの午睡の夢のたちまち終る

梅雨の夜の路地寒くして販売機やや暖かくけぶりゐるのみ

都市に住む子らを恃みて移りゆく老びと多し看取られんため

丘陵を白き驟雨の過ぎゆきてふたたび暑き初夏の日の照る

早苗田の緑の遠くそよぐなかひと群の墓なごむがごとし

雲間より洩れし光が二百米ほどの沖よりわれに近づく

季遅き

季遅き花のあはれか芍薬の半ばひらきて黒ずみてゆく

この路地も楽しき初夏の小宇宙のうぜんかづらの花遊びゐる

賜りし上等焼酎割るまじと列車乗りつぎ抱へ来たりし

病む足を休ませるごと家々の雨季の花らにわが立ちどまる

人語絶えし路地の繁みに柘榴の花焱のごとく見え隠れする

夾竹桃映ゆる水面をすべりゆくレガッタの艇見るみる遠し

ある時は

ある時は金融市場も情緒的といふ説聞きていくばく和む

詩歌など再生紙にてよからんに送られて来るこの豪華版

梅雨ばれの土手の賑はひ犬を曳く少女らジョギングの中年夫婦

街路樹に体支へてをりたりし地震揺れやまぬ十秒ばかり

地震にて停りし電車に乗り込みて残る選歌をわが続けをり

洞窟の蒸し風呂出でて新緑に映えゐし女体の遠きまぼろし

阿波踊りの

阿波踊りの渦華やかに移り来て巻きこまれゆく老びと哀れ

台風の荒ぶる夜に鳴く蟬の追ひつめられしごときその声

海底の火山膨らみゆくといふ短きニュース人かへり見ず

台風の進路にあたるかの町の老いし友らをわが案じをり

おそ夏の夕べの町に競ふものつくつく法師と選挙カーの声

台風の眼に入りて飛ぶ飛行機より泡だつ海の見ゆるこごしさ

淡白の

淡白の味なつかしむ老となり冬瓜食みて残暑を送る
熟れてゆく棚田の畦をいろどりていま酣と彼岸花咲く
危ふげに道を渡りて草むらに入りし毛虫を見つつ安堵す
穂芒の原の耀ひ荒川の流れへだてて相呼ぶごとし
秋寒き路面を砕くドリルの音その振動をよぎりて歩む
蛸つぼのごとき詩形と人いへど老いたる蛸は壺出でられず

わが町の　二〇〇六年

わが町の路地冷えびえと暮るるころ金木犀の香をよぎりゆく

幾匹の青松虫の群れゐるや夕べ街樹に声降るばかり

彩灯の一つの消えて幾日か小さき店の倒産を聞く

今日見たる千首の中に新しき詩歌開かんものいくばくか

握り飯さかなに焼酎飲みゐたり日本の農の原点のごと

幼鳥の一羽まじへて白鳥の白き家族が今日着きしとぞ

わが町に

わが町に轟きたりし秋雷は秩父の嶺を渡りゆくらし

晩秋の路地のいづこにも菊かをるはきだめ菊といふも混りて

帰り来し路地いちはやく暗むころ白き山茶花はらはらと散る

わが気配察知したりしゴキブリは床の一隅にぴたりととまる

徘徊の老のごとくに大宮の暗き路地ゆく焼酎抱きて

遮るものなき没つ日にいましばしいちやうの大樹金に耀ふ

七月の

七月の地震にわれのすがりたる街樹に今日は紅の実熟るる
かの島の祭のひびき聞くごとく焼酎「島美人」夜々に飲む
徳之島のポン柑岩手の大き林檎冬の灯下に共にかがやく
クリスマスイブの雑踏抜け来れば安らかに暗きわが町の路地
暮れてゆく富士の彼方にいましばし金に乱れて飛ぶ雲のあり
わが意思を拒むがごとく筋肉の反応にぶくなりし片脚

いづこにも

いづこにも穂芒の原広がりて武蔵野の秋いよいよ深む

いつよりか妻のなづきに太りゐし腫瘍の影にわれはをののく

その意識乱れて廊下に倒れたる妻引きずりてベッドに運ぶ

茫々と妻病みをればこの夜半の時を恐れてわが祈るのみ

その意識おぼろになりて臥す妻に今日降りしきる雪の見ゆるや

病む妻を思ひて眠りがたきわれ眠らんとして焼酎を飲む

潮風の

潮風のかの岬にて育ちたる春のキャベツの浅漬うまし

なづき病む人多きかな病棟の長き廊下を今日もわがゆく

応へなき妻と知れどもこの朝の空の眩しさ語りかけをり

その意識戻りし時か老姉と手を取り合ひて涙を流す

意識なくただ暖かき妻の手を握りてゐたり五分間ほど

声もなく病む妻おきて帰り来れば短き冬の夕映終る

寒風の

寒風の吹きつのるなか轟々と琵琶湖の島に燃ゆる左義長

つれあひの吾をも既に見分かぬか眼虚ろにひらきゐるのみ

声もなく病み臥す妻の傍らに今日の選歌を続けてゐたり

病院より持ち帰りたる妻の下着春の夜更にわが洗ひをり

病重き妻を転院させよといふ医療の非情うべなひがたし

散りしきる桜の花のかなたにて雪を被きし富士光り見ゆ

術もなく

術もなくわが目守るのみ病む妻は昏々として今日も声なし

その息のすでに微けき昼と夜死は確実に近づきてゐる

速かに酸素の数値低下して妻の呼吸は静かに停る

息絶えていくばく経しか苦しみの眉間の皺の消えて和ぎゆく

車椅子に押され行きつつわが妻のいまだ火照れる骨片ひろふ

安らぎの戻り来しごと骨壺の妻とわれとの晩春の日々

亡骸の

亡骸の妻もろともに揺られつつ木々芽ぶく野を遠く行くなり

悲傷すでに超えしこころに鉄板の上に散りぼふ妻の骨くづ

癒ゆるなき妻を看取りし百日より開放されて悲しみ新た

週一度の納豆売りが車停めて行く筈のなきわが妻を待つ

コンビニの食材いくつ華やぎて老の一人の夕餉も楽し

憐れみて人は伝へん老醜の鰥夫となりて生きつぐわれを

昼酒を

昼酒を飲みてつかのままどろめばわれを憐れむ亡き妻のこゑ

一人住む老びとなればある金を使ひて家計簿つけることなし

水割りの焼酎すすり鼻みづを垂らして妻の挽歌を作る

観光の車の排気ガスのため摩周湖の水濁りゆくとぞ

いちめんに蕎麦の花咲く秩父の丘脚病むわれは遠く恋ほしむ

なまけものといふ哺乳類木の枝にぶらさがりつつ充足のさま

新緑の

新緑の苑白々とけぶらせてもの憂き午後の噴水あがる
渋滞の高速道の暗みつつ昼の稲妻ひらめきくだる
年金の振込まるるを待ちわびて朝より局の前に立つとぞ
台風に木々揉まれゐる公園に抗ふごとく蟬鳴きしきる
朝明けの白みゆくころ飲みさしの焼酎の瓶卓に光れる
妻とわが六十年のなからひに悔なかりしと今こそいはめ

縁日の

縁日の灯下に綿菓子ふくれつつ寄る幼らの眸かがやく

侘しむといふにもあらず老われが梅雨の夜更けに食器を洗ふ

路面より暑き陽炎ゆらぐ街逃れて涼しき店にわが入る

コンビニを巡り行きつつ明朝のサンドイッチを選ぶ楽しさ

われは選歌孫は宿題に追はれをり残暑厳しきこの午後のとき

河口の葭原遠く広がりて鼈甲しじみ育ちゐるとぞ

秋の日の

秋の日の潮騒のおと浴みながら黄に熟れゆかん能登千枚田
段なせる千枚の田の幾枚にをみなの君の丹精が見ゆ
街路樹に繁く鳴きゐし青松虫宵過ぎたればはや眠りしか
どんぐりを踏みしだきつつ登りゆく斜面の苑に妻葬るべく
納めたる妻の骨のべに空間ありわが骨入らん日の遠からず
紅葉の木々の雫をかうむりて妻眠るべしこの霊園に

二〇〇七年

ベランダの

ベランダの隅に孵りし鳩の雛人間の顔はじめて見るや

育ちゆく鳩はわが家のベランダにほしいまま糞を落して遊ぶ

幼鳥となりたる鳩ら交々に老びとわれを窓よりのぞく

台風の近づきをればわが脚の筋肉痛のあはれつのり来

残りものすべてレンジに暖めて一人の夕餉短く終る

渺々と木枯し一号吹き過ぎて関東平野の朝明けんとす

新冬

大公孫樹の黄は極まりて光源のごとくそばだつ新冬三日

夜更かしをとがむる妻もすでになし独り安らかに焼酎を飲む

ベランダに住む二羽の鳩くくみ鳴き目覚めの遅きわれを呼びゐる

かの丘に最後の紅葉降りしきりわが妻の墓処華やぎをらん

緩びやすき老のこころは幼稚園の夕べの楽にさへ泪ぐむ

八つ頭といふ里芋の品種ありこの奇怪なる大き塊

木枯しの吹きつのる夜老われは少年の日の孤独に帰る

歳晩の朝明けなれば深々と湿る落葉を踏みてわがゆく

猛々しく

猛々しく岸覆ひゐし泡立草やうやく枯れて川面安けし

病む足を労りながら寒風のやや収まりし町に出でゆく

焼酎の壜のかたへに林檎光り大歳の夜の刻々がゆく

紅梅の小さき花芽けぶらせて年の始めの雪降りしきる

ひとり身の新年なれば些かの朝酒飲みてふたたび眠る
黄砂けぶる都市暮れゆきて夥しき灯火の街に変貌したり

稽田を

稽田を寒く照らして冬の日は秩父の嶺に沈まんとする
服喪中の新年ゆゑに町に出でず人も来たらずかかる安けさ
暖冬の一月なかば足摺の岬の椿咲きさかるとぞ
昼過ぎの路地出づるとき強風によろめくわれを子らが危ぶむ

谿流のほとりに雪の消え残り座禅草二ついまひらきゆく

浜丘に水仙の花乱れ咲くきらめく海の続きのごとく

暖冬の

暖冬の枯葦原の向うにて浚渫船は眠るがごとし

枯葦の寒く広がる幾ところ溜りし水のしづかに光る

暖冬の地表の靄にけぶりつついまだたゆたふ大き没つ日

早春の夜明けに独り逝きしとふかかる終りをわれは清しむ

宅地化の進むかなたに武蔵野の名残の木原けぶる親しさ

春宵の酒のつまみの「たこわさび」蛸と山葵の取合せよし

疾風に

疾風に揉まれてをれど五分咲きの桜はいまだ散ることもなし

咲きみちし桜の大樹音絶えて時のとどまるごとき明るさ

高速道遠く行くときたたなはる丘ことごとく芽吹きにけぶる

咲き盛る桜並木の花びらは五階の窓に噴きあがり来る

登りゆく山の傾りの幾ところ在りど誇示するごとく花咲く

安らかに花びら遠く吹かれ来る四月七日のわが妻の墓処

午過ぎの

午過ぎの驟雨に暗みゆく花のその変容をしばし目守りつ

ひとり身の老びとなれば煩はしき家事に疲れて一とき睡る

鎌倉の諸が薩摩に送られて焼酎「吾妻鏡」とぞなる

身じろぎもせずに卵を抱きつつ未明ベランダの鳩も眠るや

いましばし生かされてゐる老われが君の死顔覗きて帰る

とめどなく飲みて語りし浜町の夜新宿の夜を偲びつ

重々と

重々と雲は北方に走りつつ秩父の空を春雷わたる

しらじらと明けてゆくとき残月は富士の左の肩に傾く

ひとり身の午餉は簡略きはまりてカップラーメン啜りて終る

ベランダのブーゲンビレア咲く蔭を出で来て遊ぶ雛鳩二つ

浜町の酒店に君と語りしは追ひつめられし果と思ひき

集ひしは五人なりしが年を経て二人離りて一人はや亡し

むささびの

むささびの飛びゐし森も消えゆきて人の仕業の開発進む

朝明の誰も通らぬ十字路がおぼろに見えて梅雨ふけわたる

紫陽花の苑暮れゆきていくばくか梅雨の晴れまの月に明るむ

胡麻の味梅の味など加へつつ海苔焼かれをりこの店の奥

盛んなる見沼田圃の蛙らは老いて畦ゆくわれを恐れず

台風の過ぎゆきしかばいちはやく秋あかね飛ぶこの丘の道

宵はやき

宵はやき水田に満つる蛙らの声なつかしむわがひとり旅

長梅雨のやうやく明けてわが町の桜並木に蟬鳴きしきる

ふさふさと百日紅は咲きさかり道の行く手にその影うごく

リハビリに通ひ来るこの老びとら病になじむごとき明るさ

酒精分五十六度の中国の焼酎飲みてたちまち眠る

暑かりし日の夕まぐれ老懶のわれに沁み来るひぐらしの声

漸くに

漸くに梅雨明けたればわが町のかみこ幼稚園に児らの声満つ

朝靄の霽れんとしつつ見えくるは野薊あまた咲きさかる原

縁日の夕べの灯火親しかり綿菓子かき氷焼そばの店

白みくる夏の夜明に卓の下の飲みさしの酒光り始めつ

疾走するケニアの選手しなやかな黒き肢体をわれはまぶしむ

炎昼の桜並木の蒼き翳つたひて帰る老びとわれは

台風の

台風の眼の過ぎゆかんひとときか午前二時怪しき空の静かさ

疾風にひと日揉まれて凋みゆく路地の木槿を夕べ憐れむ

忙しく早朝のごみ運び出す新大臣の映像たのし

彩灯の巷の酒店次つぎに飲み歩きしもわが遠き過去

自給率下がりてわれら食みゐるはアメリカ産のコシヒカリとぞ

独り居の老びとわれに聞けよとぞベランダに鳴く秋蟲のこゑ

台風に

二〇〇八年

台風に気圧下がりしこの夕べ病む左脚いよいよ重し

残菜をつまみつつ酒すすりゐる独居の老を憐れむなかれ

びつしりと柿の実熟れて光るころ里山越えて遠く来たりし

遥かなる秩父山なみ安らかにいま残照に包まれてゆく

病む脚のおぼつかなけれ吹かれ来る公孫樹落葉に揉まれて歩む

極まりし木々の紅葉は峡を行くわが白髪を染めてかがよふ

褐色と

褐色となりて衰へゆかんともかまきり一つなほ猛々し

営々と電力を貯めゐるならん風車安らかに回る丘見ゆ

木枯しは広場の落葉吹き上げて老犬とわれ身を庇ひ合ふ

尾瀬沼の池塘の紅葉極まりてハンググライダーすれすれに飛ぶ

びつしりと路地に積れる桜紅葉夜露に濡れてさらに耀ふ

焼酎あり酒ありウイスキーありて歳晩歳首のこころ豊けし

映像の

映像の若き女性の体操を老びとわれが朝々真似る

寒風にわが白髪を乱しつつ身を屈めつつ町より帰る

喜びはあはく憂ひは底ごもりこの歳晩を送らんとする

わが町に鳴る除夜の鐘映像の雪国の鐘交ごもに鳴る

しののめの紅の光を身に受けて老励まして生きつがんとする

足弱きわが初詣で町内の小さき地蔵尊拝みて終る

墓丘の

墓丘の橅も小楢も一斉に声あぐるごともみぢを散らす
木枯しの吹きすさびゐんわが妻の墓処思ひつつ眠りがたしも
足弱きわが初詣で町内の地蔵の祠に祈りたるのみ
せめぎあふ力あふれて組合ひし横綱二人しばし動かず
信号の変るを待つ間電柱に凭れて憩ふ老びとわれは
対岸に春の夕日の沈みゆく矢切の渡しわがなつかしむ

冬枯れの

冬枯れの木原の丘を明るめて遠ざかりゆく春の白雲

いちはやく蠟梅の花咲くといふ遠き秩父の山を恋ほしむ

早春の名残の雪を白髪に受けて夕べの町より帰る

海霧に濡れて育ちし徳之島のタンカン甘し日々にわが食む

朝明のわが町の路地清めつつ幾ところにも白梅が咲く

ひすがらの春の疾風の吹き荒れて関東平野は砂塵に暗む

足を病む

足を病む老びとわれは強風の街を恐れて日すがら籠る
咲きそめし白木蓮の花いくつ地上五尺の宵闇に浮く
春暁の靄おもむろに霽れゆきて雪をかづきし富士の耀ふ
一人身は妨げらるることもなく朝酒飲みてふたたび眠る
むらさきの木蓮の花暗みゆく残照寒く終らんとして
窓下に移植されたる染井吉野三年を経てあはれ勢ふ

咲き盛る

咲き盛る枝垂れ桜をけぶらせてまどかに夜半の月移りゆく

菜の花の咲き乱れたる岬丘のかなたに大き没つ日けぶる

わが妻の墓処明るめて楢の木も橅の木立も盛んに芽吹く

赤芽柏の若葉明るく透きとほりわが行く原はすでに晩春

ひと日ごと若葉の色の変化して樟の大樹の勢ひ盛ん

むらさきの藤の花房咲き垂れてその花陰にしばしまどろむ

雨季まで

わが町の小公園の空間にまた噴きあがる花びら無限

乗りつぎて遠く来たれば晩春の多摩丘陵は芽ぶきわたれる

落ちてゆく夜明けの月を見送りて独居の老はふたたび眠る

霧深き峡に育ちし新茶なり飲みて気力のよみがへるべし

新緑の霊苑の丘越え来ればかなたに青き湖ひかる

わが路地を狭めて咲ける紫陽花を揺らして帰るこの夕まぐれ

昼靄にビル群遠くけぶりつつ関東平野の梅雨ふけわたる

コミュニズムに脅かされし戦後ありきその遠き日もすでに茫々

よぎり来るわが町の路地つらぬきて梅雨つかのまの夕映わたる

いちはやき曙のいろ滲ませて泰山木の花浮び立つ

湿原を

湿原を遠く分けゆく流れあり梅花藻ゆらぎうろくづ光る

わが背丈少し越えたる親しさに木槿の花は淡々と咲く

長かりし梅雨晴るるころ路地裏の石榴の花は朱のきらめき

ベランダに朝々に来る二羽の鳩老びとわれを侮るらしも

焼酎の銘柄いくつ眺めつつ売場めぐるも楽しからずや

枇杷熟るる岬の丘の彼方にて梅雨晴れゆかん海の輝き

もの音も

もの音もなき梅雨ふけの午過ぎに老びとわれの孤独の眠り

いくたびも巷に聞きて疎みたる古き歌謡曲老いて身に沁む

貼り薬あまた腓に貼りつけて梅雨寒き夜に眠らんとする

町々の空たちまちに暗み来て秩父の空に稲妻走る

すがすがと百日紅の咲く下を炎暑に喘ぐわが帰り来る

ひとときの烈しき驟雨過ぎたればまた鳴きしきる蜩のこゑ

繁りたる

繁りたる樹々揺るがして炎昼の小公園に蟬鳴きしきる

三声ばかり鳴きて遠のきゆきし蟬あと幾日を生き継ぐならん

土荒き原野を遠く行くに似て黒蟻一つ視界より消ゆ

縄張りを見回るごとく鴉らはわがマンションを覗きつつ飛ぶ

しぶき降る驟雨を避けてこの夕べスーパーのなか巡りゐるのみ

荒川の芒の穂群けぶらせて晩夏の大き没つ日沈む

夕闇の

夕闇の樹々震はせてひとしきり青松虫の声猛々し

物音のなき朝明のわが路地に金木犀の香のとどこほる

遠々に芒の原の暮れゆきて貯水池いまだ残照に映ゆ

海光と潮の香浴みて育ちゆく能登の棚田に人うごく見ゆ

わが町を抜けて来たれば田の畦の鶏頭の紅いよいよ深む

癒ゆるともなき左脚曳きながら町をゆく後期高齢者われ

湖岸の　　　　　　　　　　　　二〇〇九年

湖岸の落葉松の原騒だちてあまたの黄葉水の面に散る

木枯しの吹くべくなりてわが脚の筋肉痛の日毎につのる

ひすがらの曇の奥に朱雲の十分あまり見えて暮れゆく

朝明けの路地を来たれば夥しき桜の落葉霜にうるほふ

信号の青に変るを待ちをりて歌句の一つを手帳に記す

極まりし紅葉の傾りけぶらせていちはやき雪降りしきるとぞ

登りゆく

登りゆく坂の傾りの豆柿はたわわに熟れて雪降りしきる
街道は絶えず落葉を吹き上げて町々不況の歳晩に入る
悉く公孫樹の黄葉散り果てて路地いちめんの夜半の耀ひ
脚を病む老びとわれは雑踏を抜けんとしつつすでに疲るる
荒川の枯葦の原けぶらせてかなたに沈む冬の日早し
遥かなる島の黒糖焼酎が老の心をゆたかならしむ

冬枯れの

冬枯れの木原抜けゆく道見えてその先にまた荒川光る

はるかなる残照の富士見送りて孤独の老の一日終る

逝く歳の空わたり来る鐘の音を不況にあへぐ人らも聞かん

木枯しの音の絶えしと思ふ夜半気づけば雪の降りそめてゐる

街道を西に遠ざかる浮浪者を童のわれは怯えつつ見し

東京湾の谷に潜みて動かざるゴブリンシャークの映像おぼろ

武蔵野の

武蔵野の夜半吹きつのる朔風に老の眠りはしばしば覚むる

いささかの焼酎すすり町屋根の彼方に昇る初日を拝む

冬ざれのあけぼの杉を仰ぎつつ小公園にひととき憩ふ

武蔵野を遠く行くとき降る雪に荒川けぶり貯水池けぶる

蠟梅と白梅の香が流れ来て小さき丘が老われを呼ぶ

わが町に春一番は吹き荒れて樟の大樹を揺さぶりやまず

百年の

「百年の孤独」とぞいふ焼酎を飲みて孤独を嘆くともなし

寒気つのる気象予報におびえつつ老身独り家ごもるなり

海霧の流るる丘に育ちたるタンカン甘し春のたまもの

咲きそめし淡き菜の花憐れみてダム湖のほとりしばらく歩む

杖つきて新宿地下の雑踏をよぎり行くさへたはやすからず

わが町の桜並木の咲きたれど病む脚いたはり遠く歩まず

はなびらは

はなびらはあまたの病払ふがに賓頭蘆尊者に触れて流るる
咲き盛る桜の丘は翳りつつ遠き奥がに照る花のあり
瀬戸内の島を覆ひて菜の花の咲きさかるとぞいつの日か見ん
夥しき染井吉野の花びらはわが路地に降りベランダに降る
疾かぜは静まりがたく残照の雲散らばりて次つぎ走る
焼酎の一升瓶は重かりき風に揉まれて帰り来るとき

冷びえと

冷びえとして白みゆく明方に二声ばかり鶯が啼く

いちはやく田植を終へし峡田あり泥と苗の香交ごもあはれ

一斉に楢の木原の芽ぶきゆくわが妻眠る晩春の丘

老びとのわれと壮年の子ら二人妻の墓前に思ひを分かつ

新緑の墓苑の樹々を移りつつ春蟬の声みじかく終る

散り敷きし藤の花びら夕風に小さき渦を巻きて流るる

ほつほつと

ほつほつと若葉は萌えて低丘の橅の林にやさしさ満つる

新緑の広がる原のひとところ雨にけぶりて貯水池白し

たちまちに若葉の色の濃くなりて樟の大樹の風おと重し

わが路地に子らの声なく紫陽花の藍盛りあがり梅雨深みゆく

草匂ふ荒川土手にのぼり来て梅雨つかのまの入日を送る

房総の岬の丘に熟れし枇杷梅雨の夕べの灯火に映ゆる

梅雨ふけの

梅雨ふけのひと日は昏れて孤独なる老の夕餉は短く終る

脚弱きわれの歩みは町内の二百米の範囲を出でず

衰へし老びとなりと知りをらん鳩も鴉もわれを恐れず

埼京線武蔵野線を乗りつぎて新緑の丘越えて行くなり

脚を病むわれを案じて梅雨の夜に食材持ちて子らの訪ひ来る

梅雨空のつかのま霽れしいとまにて思ひがけなき満月昇る

暑き日の

暑き日の暮れてゆくころ幾たびも秩父の空に稲妻走る

音もなき映像なれど褐色の河川の濁り海にひろがる

ひとときの地震過ぎゆきしこの夕べふたたび繁き蜩のこゑ

水割りの泡盛をわがすすりつつ梅雨ふけし夜の憂ひを送る

小企業支へて苦境超えて来し君のひと世をわれは尊む

立秋を過ぎて暑さのつづく日々路地に木槿の花ひるがへる

辛うじて

辛うじて海越えて来し浅黄まだら伊良湖岬に翅休めゐる

向日葵の咲きさかる原広がりて幼らの声まぎれゆくなり

潮騒の音遠くして安らかに黄に熟れてゆく千枚田見ゆ

紅葉の広がる原に池塘あり水面に映えて秋の雲ゆく

武蔵野の秋深まりて貯水池の幾ところにも風明り立つ

稀々にわれの来たれば不況長き鋳物の町に秋の雨降る

道のべの

道のべの祠めぐりて鳴きしきるきりぎりすあり晩夏の夕べ

沼の面に台風の余波吹き荒れて花蕁菜の黄の花ゆらぐ

新秋の鱗雲早く走れども脚病むわれはのろのろと行く

早稲の田はすでに刈られていちはやく棚田の畦に彼岸花咲く

大宮駅始発電車の遠ざかり老びとわれはふたたび眠る

新品種ルビーロマンといふ葡萄食みつつをれば夕闇迫る

霊苑の　　　　　　　　二〇一〇年

霊苑の楢の黄葉も散り果てて妻の墓前のどんぐり拾ふ

墓丘をしぐれの雨の降り過ぎて盆地の町はしばし明るむ

穂芒の原茫々となびかせて荒川の土手暗みゆくとき

わが町に木枯し荒ぶころとなり病む脚曳きて夕べ帰り来

散りしきる公孫樹黄葉の耀ひを浴みて残生のひと日を惜しむ

晩秋の夜明の雨にうるほひて桜の紅葉びつしりと敷く

日の位置が

日の位置がおぼろに寒く移りゐてもの憂き午後の町帰り来る
いくばくか地価の下りて倉庫群殖えゆく武蔵野の変貌を見つ
唐楓も公孫樹もすべて落葉してもの音もなき新冬の道
西空の日すがらよどみゐたりしが冬の残照短く終る
木枯しの吹きすさびつつ忽ちに中仙道の町々暮るる
続けざまの腓返りの痙攣に夜半に目覚めてわが呻きをり

強風の

強風のつのる夕べに街上をよぎらんとしてわれはよろめく
遠ざかる音聞きたれば疾風は関八州を吹きぬけ行かん
風荒るる歳晩の夜半老残のこころの萎えてわが目覚めゐる
武蔵野に昇る朝日を眩しみて賜りし酒尊みて飲む
新年のひと日暮れんと西空を遠ざかりゆく茜雲見ゆ
信濃路を遠く来たれば杉生こめ湖こめて雪降りしきる

歳晩の

歳晩の夜に焼酎を飲みつぎて逝きし友らをふたたび悼む

新年の雪を被きし富士山を少年の日のごとくをろがむ

五寸ほどの盆栽の木瓜ひらき初む新年の日の昇り来るとき

わが町を白く閉してこの夜半にもの音もなく雪降りしきる

冬木々のメタセコイアを揺らしつつ小公園に寒風すさぶ

いちはやく咲きそめてゐる里山の蠟梅の香をよぎりて帰る

枯枝を

枯枝を寄せ集めゆく老の見ゆ冬日にけぶる裸木の丘

わが路地は冷えびえとして朝まだき蠟梅の香の滞りゐる

早春の残雪の道眩しみて病む脚庇ひとぼとぼと行く

ふるさとのみ寺の庭を明るめて山茱萸ひと木今日咲きさかる

妻の墓離り来たれば芦ノ湖のうへ渡りゆく白蝶一つ

夕映の時ながくして貯水池に静かにさむき風明り立つ

北空は

北空は黄砂にけぶり西空は杉花粉飛び春荒々し
一斉に白木蓮の咲き初めてその花のべに人を悼みつ
残雪の見沼田圃の広がりて時ながき春の夕映わたる
しらじらと花冷えをりし桜木の朝明のいまかがよひ始む
咲きさかる桜木の風やみしかばその枝々に充つる量感
散りしきる桜大樹の輝きをわが残生に幾たび見んか

美女平に

美女平に広がる杉の大樹林春の吹雪に暗みゆくとぞ

散りそめし桜並木の花びらはわがベランダに吹きあがり来る

いちめんに芝桜の園広がりて多摩丘陵の残照ながし

武蔵野の木原は遠くつらなりて芽ぶかんとするいまぞ晩春

ふるさとの茶畑の丘時じくの霜に打たれし新芽のあはれ

コンビニまで二百米のわが足のたどたどしきを人は哀れむ

新緑の

新緑の古墳の丘にいこふとき春蟬のこゑ短く終る

いちはやく若葉となりしわが町の桜並木の影深みゆく

富士山のいただき遠く過ぎゆきて平野は春の霞にけぶる

河口近き辺りならんか葦芽ぶき中洲の木々の芽ぶきゆく見ゆ

いくばくの長寿保つや賜りし奄美の島の焼酎うまし

路地抜けて小公園に出で来れば樟の木群にこもる風おと

しののめの

しののめの空冷えびえと見えそめてメタセコイアは暗く峙つ

時ながき夏至の夕べの明るさに見沼田圃の稲育ちゆく

わが町の古びし祠覆ふごと樟の若葉の音やはらかし

新緑の道を園児に押されゆく車椅子の老楽しからんか

やすらかに橅の葉群のきらめきてわが妻眠る晩春の丘

荒々しき富士山頂の残雪を左下方に見つつ過ぎゆく

この国の

この国の湿気のなかに蹲り老いし駱駝も梅雨明けを待つ
蝉の声やうやく繁き午後となり百日紅の花散りしきる
昏れなづむ晩夏の夕べ酔芙蓉の色深みゆくくれなゐおぼろ
川岸の葦生を風の渡りゆき古材めぐらし浮浪者眠る
物音の絶えし炎暑の昼過ぎにのうぜんかづらの朱ひるがへる
暑き日の昏みゆくとき菜園のたうもろこしの妖しきそよぎ

暑き日のこの夕まぐれ夏雲は秩父の空に群れて峙つ

梅雨更けし

梅雨更けし場末の町の居酒屋に老人二人和みゐるらし

暮れなづむ炎暑の夕べ大き日はたゆたふごとく沈みゆくなり

病む脚を労りながらこの夕べ残暑のよどむ町より帰る

遠々に秋風わたるころとなりあさぎの黄花沼面にゆらぐ

稲の穂のそよぐ彼方に新都心のビル群幾つ秋の日に照る

梅雨しげき

梅雨しげきこの夕まぐれ自らの一日分の飯を炊きをり
夏の夜の満月白く冴えわたり路上ライブの人集ひゐる
幾日も残暑の町に出づるなく独居のわれの髭のびてゐる
秋の日はいまだ沈まず爛々と秩父の空に低くたゆたふ
夕闇の冷えゆく路地のいくところ金木犀の香がとどこほる
彼岸花鶏頭の紅つらなりて畦危ふげにわが渡りゆく

二〇一一年

この夏の

この夏の炎暑しのぎて育ちたる新米粒々われは尊ぶ
幾たびか道に行会ひし町内の老の孤独死悼みて帰る
大菩薩峠のかなた暮れはてて残月細く沈まんとする
唐松の原音もなく静まりて雪の降り来る時近からん
大陸の気象乱れて時じくの秋の黄砂が覆ひ来るとぞ
絶えまなき木枯しの音寂しみて歳晩の夜にひとり覚めゐる

いちめんの

いちめんの刈田となりて木枯しは見沼田圃を遠ざかりゆく
朝方の路地明るみて見ゆるころ桜の紅葉霜にうるほふ
歳晩となりし都心の町々にいちやうの黄葉極まらんとす
坂多きこの町々に峙ちて公孫樹のもみぢ燦然と散る
日の位置のおぼろに白く見えながら物憂き午後の時が過ぎゆく
深みゆく白神山地の紅葉をわれの再び見ることありや

わが町の

わが町のなほ北方の町々に大つごもりの鐘鳴りわたる
武蔵野を遠ざかりゆく木枯しを孤独の老が覚めて聞きゐる
暁暗の関東平野広がりて新年の富士おぼろに浮ぶ
冬旱の場末の町にそばだちて欅の大樹風に鳴りゐる
蠟梅の香の流れゐて冬の夜の靄あたたかき路地帰り来る
日すがらの寒風遠く吹き荒れて貯水池白く騒だちやまず

冬枯の

冬枯の欅の大樹そばだちてひすがら寒き風に鳴りゐる

地下道を出でて広場の木枯しを聞きつつ屋台のラーメン啜る

いささかの食材提げて老われは冬の夜霧に濡れて帰り来

浅丘に続く雑木々暗くしていまだ芽ぶかず雪乱れ降る

一尺に満たぬ水子の墓いくつ春の岬に見つつ佇む

安らかにわが妻眠る墓丘に早春の雪降りしきりゐん

見えわたる

見えわたる筑波の峰の彼方にて曙の色ひろがりてゆく

わが町を春一番は吹き荒れて見沼田圃を遠ざかりゆく

強風に逆らひ来たる老われはコンビニに入りひと息つけり

われの住む五階の窓の明るみて夜更の雪は垂直に降る

路傍にて足休めゐる老われを少女ら二人労りくるる

夕映の砂漠の丘を行きたりきわが足いまだ病まざりしころ

菜の花は

菜の花は風にさやぎて咲きさかり斜面のかなた光る湖

わが町を出でて来たれば朝明の貯水池けぶり雪降りしきる

揺り返す地震の余波にわが路地の白木蓮の蕾もゆらぐ

海嘯は盛り上りつつ三陸の狭間々々を遡りしか

大き地震大き津波に襲はれし友らの無事をひたすら祈る

豊かなる漁港の町はいちめんの瓦礫となりて春の日の照る

凄まじき

凄まじき大き津波にわれの知る海辺の町は壊滅したり

花びらは逝きし人らを悼むごと瓦礫の原を遠く流るる

放射能汚染ひろがる集落を置去りにされし牛らが歩む

春雷の轟くときに咲きそめし桜並木の花びら震ふ

花水木ひるがへり咲く下蔭を病む足曳きてしばらく歩む

わが町の北に広がる見沼田に田植機行き交ひ活気みなぎる

足を病む

足を病む老びとわれを脅かし春の曇に余震の続く

映像は冷々として春暁の瓦礫の原を霧の流るる

夕闇の閉ざし来たれば人おぼろ瓦礫の町を帰りゆく見ゆ

差当り今日の食材あればよし梅雨暗き午後しばらく眠る

ひすがらの風のやみたる夕まぐれ藤の花房重おもと垂る

静かなる梅雨の夜更に焼酎のメローコヅルを惜しみつつ飲む

海のべの

海のべの丘に熟れたる枇杷いくつ梅雨の夕べにわが食ひ終る

車椅子の老ら施設を出で来たり暫く初夏の日差し眩しむ

炎昼の日を返すごと重々と銀杏の大樹丘にそばだつ

われの住む場末の町の幾ところあぢさゐの花濃霧に沈む

荒川の葦群ふかく繁りゐて恣なるよしきりの声

残菜を電子レンジにあたためて独居の老の夕餉みじかし

津波にて

津波にて逝きし人らを悼むごと岬の丘にひぐらしが鳴く
散りしきる百日紅の花びらを幼児二人声上げて追ふ
暑き日の暮れんとしつつ北遠き見沼田圃に稲妻走る
向日葵のつらなる畑を遠ざかる少女らの声われは羨しむ
凌霄花咲きさかり蟬鳴きしきり炎暑のひと日路地の賑はひ
わが友の菅原峻の逝きしこと一ヵ月後に知りて悲しむ

しぶき降る

しぶき降る驟雨の中の蟬のこゑ声ふりしぼりひたすらに鳴く
暑き日のやうやく暮れてゆかんころ入江にひびく蜩のこゑ
漬物をさかなに焼酎飲みてゐる独居の老を憐れむなかれ
わが友の運転のみが頼りにて豪雨の環八突き抜けてゆく
たたなはる能登の岬の千枚田稔り豊かに夕映わたる
晴れし日の貯水池の水すれすれに茜蜻蛉の飛ぶころとなる

穂芒の

穂芒の原靡くとき休耕の畦につらなる彼岸花見ゆ

つかのまの秋の驟雨の過ぎゆきて山峡の町ふたたび映ゆる

家々を呑みこみてゆく濁流のその映像ををののきて見つ

老びとの丹精したる賜ものぞ加賀の平野の新米うまし

添削と選歌にひと日追はれつつ老の夕餉は短く終る

町角を曲りたるとき強風に足萎えわれはしばしよろめく

二〇一二年

暑き日の

暑き日の過ぎんとしつつ街路樹の残蟬のこゑ短く終る

朝明に出でて来たれば木犀のしるき香りがわが路地に満つ

足病みて家ごもる日々武蔵野の原遠々に色づくころぞ

見沼田に木枯し寒く吹きつのり鶏頭の紅極まらんとす

ひすがらの曇は寒く白き日の位置淡々と移りゆくなり

先生に蹤きて幾たび歩みしか豆柿熟るる蛇崩の道

朝明の

朝明の路地出で来れば見えそめし欅の落葉霜にうるほふ

裸木となりて聳つわが町の欅の大樹風に揉まるる

夕映の衰へゆけば山峡の杉生暗みてたちまち寒し

落葉飛ぶ路上よぎりて帰るとき病むわが足のいよいよ重し

いち早く暗みゆくわがベランダに公孫樹の黄葉吹きあがりくる

逝きたりし友偲ぶとき吹きつのる歳晩の夜の遠き木枯し

汚れたる

汚れたる黒き手帳にこもりゐん老いゆくわれの一年の生
冬靄にけぶりゐたりし武蔵野の木原を染めて残照渡る
震災後の慣ひとなりて老われは懐中電灯いだきて眠る
残りゐるおでんを食みて老ひとり大歳の夜を送らんとする
迫り来る寒波のゆゑかわが脚の筋肉痛癒えず歳逝かんとす
横雲のとどこほりゐる向うにて新年の日のその位置おぼろ

北空に

北空に大き寒気団滞り老びとわれを脅やかす日々

雪山のかの杉群も忽ちに夕べの靄にまぎれゆくなり

夕光は中山道をつらぬきて音騒がしく落葉渦巻く

コンビニの改装工事始まるをわが事のごと楽しく見をり

古びたる毛布かぶりて午睡する老の憐れを孫覗きゆく

残雪の道の行手に輝くは遠ざかりゆく春の夕雲

ひすがらの

ひすがらの風のやさしと思ふころ木原をこめて雪降りしきる

武蔵野の冬木々遠く連なりて丘の残照たちまち終る

静かなる早春の雨聞こえつつ風邪病むひと日憩ひのごとし

早春の秩父の山は昼闌けて茫々として花粉にけぶる

晩春の夕映の時長ければ鳩らいつまでもベランダにゐる

九十歳近きドナルドキーン氏が日本国籍取得せしとぞ

早春の

早春の寒き未明に老われの足引き攣りてしばしば目覚む

時長く海の明るさ残るころ外人墓地をわが巡りゆく

朝明の路地明るめて塔のごと白木蓮は咲き盛りをり

満月の昇りゆくとき咲きさかる白木蓮のひと木は烟る

咲きそめし今年の花を見ることなく山内君はつひに逝きたり

いづこにも花咲き満つる町々を抜けゆきて今日君を弔ふ

わが妻の

わが妻の墓をめぐりてよもすがら桜の花は散りしきりゐん
つのりゆく春の疾風を聴きゐるは足萎え閉ぢこもり老人独り
武蔵野の木原は遠く連なりて春の残照たちまち終る
野をこめて花の咲き盛る春の午後君のむくろは焼かれつつゐん
強風のやうやく凪ぎしこの夜半にひとり覚めゐて君を偲びつ
足を病む老びとわれは芝ざくらあふれ咲く丘辛うじて越ゆ

初夏の日々

朝霧の霽れんとしつつ山峡の樹々音もなくきらめきわたる

久しかる師承のえにし尊みて茂吉先生の歌碑を仰ぎつ

公園の初夏の緑に囲まれて大きいしぶみ木洩日に映ゆ

健やかにいま巣立ちゆく朱鷺一羽その映像を清しみ送る

遠々に荒川の水光りつつ初夏の葦むら盛りあがりゆく

はつ夏の夕ぐれの刻長ければ赤芽柏の紅透きとほる

病む脚を曳きて町より帰り来る初夏の夕べのわが影あはれ

創刊の「運河」を支へくれたりし三人の友すでに世になし

二次会に必ず君の歌ひたるシャンソン幾つ忘れがたしも

つかのまの午睡の夢にたつ君は声なく駅を遠ざかりゆく

しらじらと

しらじらと梅雨深みゆく朝明に泰山木の花ひらきそむ

荒川を越えて来たれば梅雨末期の中仙道の町々暗し

暮れがたき首夏の夕べに出で来れば木槿は早く花を閉ぢゆく

われ一人生き残りたる思ひにて梅雨のあめ降る夜半に覚めゐき

朝明の広がり来つつ夏雲は秩父の空に群がりて立つ

冷酒を飲む友焼酎を飲むわれと六十年の酒徒の交はり

中天を

中天を日の移りつつ蟬たちは炎暑を呼びて鳴きしきるなり

残照の終るころほひ蜩は小公園にまだ鳴きやまず

ぢりぢりと炎暑の音の立つごとき午後の路上を急ぎて渡る
スタートにつかんとしつつ国々の異なる神に選手ら祈る
月光の昇りゆくとき百日紅の花咲きさかり散りしきるなり
独り居に馴れたる老は病む脚をしばらく揉みて眠らんとする

しんかんと

しんかんとしたるわが路地明るめてのうぜんかづら翻り咲く
わが町を暗めて驟雨過ぐるとき忙しき蟻らいづこに潜む

見沼田の明るみ来つつ残月は秩父の空に白く落ちゆく

衝撃のごとくわが脚痺れきて夜半の眠りは忽ち覚むる

耐へがたき残暑のこもる夕まぐれつくつくほふしの声凋みゆく

夥しき蜻蛉ら丘を降り来てもろこしの畑怪しくそよぐ

ソファーにて

ソファーにてまどろみをりし束のまに秋の驟雨は過ぎてゆきたり

わが町を出でていくばく田の畦を装ふごとく鶏頭の咲く

昼過ぎの風やみしかば道のべのいちやうの大樹残暑に萎ゆる

静かなる秋日となりてわが路地を納豆売りの声が過ぎ行く

先生とともに仰ぎし蛇崩の道の豆柿色づくころか

秋の日の見沼田圃の残照も見るみるうちに靄に消えゆく

二〇一三年

白雲は

白雲は見沼田に影落しつつ遠ざかりゆく午後三時半

湖の辺の丘にコスモス咲きさかり彼方に低く富士山けぶる

豊かなる加賀の新米かたじけな友の労苦を偲びつつ食む

老われの足ふらつきて駅出口の階に忽ち転倒したり

新宿の雑踏のなか掻き分けてあはれ救急車に運ばれて行く

運命の一変したるごとくにて外科病室にわが横たはる

那珂川に

那珂川に霧たちこめて次々にしぶきを上げて鮭のぼり来る

駅前に出でて来たればラーメンの屋台めぐりて落葉騒だつ

わが目覚め遅きを知りてゐる鴉ベランダに来てほしいまま啼く

赤々と熟れたる美濃の富有柿秋深む夜の卓に輝く

いささかの選歌添削に明け暮れて老の孤独を嘆くともなし

若き日のわれに似たるや酔ひしれて隣棟の階を人昇りゆく

年の瀬の

年の瀬の人あふれゐる地下街を足病む老のわれ行きなづむ

寺々の呼び合ふごとく殷々と大つごもりの鐘鳴りわたる

元朝に輝きそむる富士山を遠く仰ぎてふたたび眠る

荒川の彼方に続く都市の灯を寂しみ見つつ夜更に帰る

夕暮の賑はひそめし駅裏の飲食街をしばし見おろす

残生を単純化して生きんとすわれの酒量も衰へたれば

きさらぎの

きさらぎの月の光に明るみて蠟梅の花斜面にけぶる

冬枯れの葦むら風に靡くとき彼方の流れつかのま見ゆる

荒川の葦生の彼方さむざむと冬の残照たちまち終る

わが足のおぼつかなきを憐れみて少女ら遊びを止めて見てゐる

早春の寒き日すがら白々と秩父の山は花粉にけぶる

厨房に入りて立つわれ何をしに来たのか思ひ出せぬ時あり

吹き荒れし

吹き荒れし春の嵐は夜もすがら虚空を遠く過ぎつつあらん

早春の寒き日すがら遠々に秩父の山は花粉にけぶる

いちはやく辛夷の花芽光りそむ明けゆく路地にわが出で来れば

菜の花の咲きさかる丘越え来れば彼方に光る房総の海

昼まへの路地賑はひて灯油売り竿竹売りの声遠ざかる

足を病む老われ憐れ強風に揉まれ来たりて物陰に寄る

Ⅱ

短歌総合誌他掲載作品

「短歌」一九八五年九月号

わが雨季

あぢさゐの花暗みゆくかなたにて梅雨の曇ににじむ夕映

街川に潮満つるころおびただしきくらげの群がただよひのぼる

賜りしソロの幼木芽ぶきゆくこのやさしさを夜々目守る

つかのまの映像なれどチューリップの朱の花群に雪降りそそぐ

管理社会に組込まれゆく社員らをやがて離れんわれが励ます

二　月（抄）

「歌壇」一九八八年五月号

露じもの解けゆく園に葉牡丹のつぶやく声を聞きて憩ひつ

冬の日をうなじに受けて懶惰なる初老のひとり座席に眠る

珊瑚樹のひたすら暗きかなたにて日すがら白く荒るる冬海

多摩川の流れのたぎつところ見ゆ流れに乗りて鴨らあされる

四川省奥地より移植されしとふメタセコイアの一木もあはれ

明方の目覚めに今日の晴曇を思ふなど老のきざしのひとつ

きさらぎの小さき寺に今朝がたの雪消えて白き梅花かがやく

降りしきる雪のかなたのまぼろしにいまだうら若きわが母がゆく

激動に揉まれて職を変へたりき七つの組織二つの企業

限度知る齢となりて飲みさしのコップの酒を惜しむともなし

息づきて咲きさかりゐる君子蘭に言葉をかけて夜の灯を消す

バリュームを飲みて胃検査受けてをりいくばくかわが生きつがんため

忽ち晩夏

「短歌現代」一九八八年十月号

われの立つ高架駅歩廊つらぬきて梅雨つかのまの夕光わたる

梅雨ふけし窓に黒き蝶とどまりてひとつの暗示われにもたらす

うつつなく妻横たはる担送車白き廊下を遠ざかりゆく

昏睡の妻のべに選歌続けをり六年前の夜のごとくに

特急の過ぎゆく風を浴びながら小さき駅に鈍行車待つ

入院の妻を看取りて帰り来し一人の夕餉何を食はんか

鬱陶しき歌稿のあまた着く時刻郵便受まで階くだりゆく

たまはりし蜂蜜にはた梅干に暑き晩夏の日々をしのがん

甚兵衛といふをまとひて買物籠さげて無職のわれ町をゆく

唐突に落ちたる蟬がひとしきり声しぼり鳴く晩夏の道に

「郵政」一九八九年一月号

追　想

甘粛のかの懸崖のみ寺より新年の鐘鳴りひびくころ
行きゆきて秋の砂漠のはてに見し蒼き蜃気楼忘れがたしも
わが乗りし鳴砂の丘の駱駝らも憩ひてあらん新年なれば
乳いろに水暮れのこる池のべに体まるめて鴨らは眠る
日もすがら東京湾にあさりしか晴れし夕空を鵜が帰りくる

「短歌新聞」一九八九年二月号

蘭州過ぐ

盛唐の世に彫られたる菩薩像さやけき紅を頬に残せる

墓主の骨横たはる両側に生きて埋められし妻妾の骨

黄河ゆく彼方の丘に回教の寺院《モスク》見え土の民家ひしめく

やや古き四十人乗りプロペラ機に祁連《チーリェン》山脈超えゆくわれら

けぢめなき砂漠のなかの空港は給油のためのわが一機のみ

冬逝く

「朝日新聞」一九八九年二月十七日

この国の風土に生きて風に鳴る古代の樹木メタセコイアは

〝激動〟の昭和とは何　たはやすく六十余年を割切りうるや

はるかなる砂塵の音を恋ほしむかわが拾ひ来し陽関の石

焼酎のさつま小鶴にほとびゆく紫蘇の甘さも酒徒ゆゑに知る

生乾きの洗濯物をストーブのそばのわが膝に乗せゆく妻は

風寒き広場に球を打つ老らみな着ぶくれていくばくにぶし

病み病みて透きとほりゆく生と死を見極めたりし君と思はん

忍ぶぐさ木蔦親しくまとひつつ大き樅の木蒼然と立つ

鴨群るる向うにひとつ浮寝して漂ふもありわれに似たるや

遠々に夕暗みつつ立山の雪の連峰いまだ見えゐる

仏窟

「短歌往来」一九八九年六月創刊号

いちはやく砂漠の風を伝ふるか莫高窟の風鐸が鳴る

四万の経巻窟に閉ぢこめしやみがたかりし智慧を思はん

をやみなく降りつぐ砂塵避くるごとまた窟に入り仏を拝す

身をそらし琵琶奏でゐる天女ありその楽を聴く仏らあまた

スタインが像持ち去りし跡といふ一隅寒く暗き空白

経巻の価値を思はず切売をしたる文盲の僧も哀れか

秋の日は砂漠に遠く傾きてあまたの窟の翳りゆくとき

砂漠他

「短歌」一九八九年八月号

オアシスのポプラの黄葉茫々と靡きて午後の黄砂はつのる
後の日に思はんために陽関の砂漠の丘の石を拾ひつ
砂丘の上あたたかき夕星を駱駝の背にあふぎて帰る
遥かなる砂漠のいぶき灰青に顕つまぼろしはああ蜃気楼
倭の国の信仰うすき旅人を崖の弥勒は見おろしたまふ
御顔のかく楽しげに手をひらき二体の仏語らふところ
路のべの焚火はポプラの落葉のみ敦煌の秋やうやく深む

思ほえぬえにしによりて黄河行き砂漠を行きし秋の幾日

右機窓に遠ざかりゆく祁連の空の夕映いつの日か見ん

黄土層の山々の襞かかげるころ大きダム湖に満つる静寂

誰と誰を喜ばすべきその顔の皺消ゆるとふクリームを買ふ

集められし碑あまた王羲之あり　遂良ありてわれを威圧す

乾きたる砂漠の町をめぐり来て日本の秋の芒の靡き

敦煌に引きたる風邪がわが喉に残りて東京の町にしはぶく

凩の渦

「文藝春秋」一九九〇年二月号

焼酎を飲みてこがらし聴きゐたり午前二時わが充足のとき

獰猛の鯱もあはれぞ養はれ身をくねらせて水より跳ねる

五十年の時過ぎしかばその声を聞きてやうやくその人と知る

むらさきの熟実といまだ青き実と梛《なぎ》の根方に交々散らふ

排気ガス防ぎくるると高速路沿ひに伸びゆくこの幼木ら

その病篤しと聞きて祈りつつ日夜電話のベルにおびゆる

酒飲みて人焼かるるを待ちゐたりわが順番を待つがごとくに

凩の渦幾ところ枯葦のうへ水のうへ昏れんとしつつ

晩秋

「短歌研究」一九九一年一月号

あたたかき秋のみ寺の香煙を見知らぬ老とともに浴みゐつ

池の辺をおほふ紅葉の輝きにあそぶ鯉らも楽しからんか

この園に国々の薔薇咲きにほふベルリンの壁崩さるる今日

黄に光る蜜柑の山の奥津城に登りゆく五十年法要のため

黄葉を日々に払ひて百合ノ木の幹は秋日に温もりてゐる

旅にて

「短歌」一九九一年十月号

梅雨空に原子炉建屋そばだちてウランは昼夜なく燃えてゐる

見えゐるはあるいは神の悲しみか濃縮ウランの小さき固形

窓ひとつなく寒暑なき密室に機器つらなりて人らしづけし

放射能衰へゆかん三百年計算はすでに遊びに似たり

滔々と温排水は泡だちてふたたび海に還りゆく見ゆ

広島二首

崩れたる形のままに補強され原爆ドーム安らふごとし

燃ゆる火に祈りくれしは中国の旅行者ぞその花環を見れば

季のはざま

「短歌研究」一九九二年五月号

老いづきて貧しき一人白梅の咲き極まりし花蔭に立つ
ベランダの寒く暮れゆく四階に沈丁花の香立ちのぼりくる
書きつぎしひと日の疲労癒えゆけとさつま無双の寝酒少々
いくばくの罪見ゆるかと展開を待ちゐるごときわれらも愚か
枯葦の原あたたかし雪どけの早き流れの向うに見えて
勤めゐし頃の気力のよみがへり今日忙しく都心をめぐる
移りゆく季のはざまの厳しさか辛夷の花に雪降りそそぐ

歳晩歳首

止めがたき時代意志また民族の意志の行方を誰かうらなふ
百合ノ木の黄葉はなやぎし日々過ぎて新冬の幹光るすがしさ
ストーブの燃ゆる向うの沈鬱はジャンパー姿の若き先生
よれよれになりし手帳を悲しみぬわが一年の過ぎゆき早く
高速路の音とだえたる新年の朝の薄明にひたりゐたりき
九十の姉弟子八十のおとうと弟子そのやりとりを楽しく聞きつ

「短歌四季」一九九二年春号

昼　夜

「現代短歌　雁」二三号

冬海の能登の輪島の蒸しあはび食みて悲しき年を逝かしむ

地下街の鉦の音をわが怪しめば円柱に倚る僧形おぼろ

ストーブのめぐりを飛べる蠅ひとついづこに潜み年を越えしか

芝生にて眠るを見れば浮浪者も暖冬ゆゑに凌ぎやすきか

賜はりし竜泉洞の霊水にコニャック割ればすなはち薬

成人病検査の結果聞きゐたり久しき罪をあばかるるごと

きさらぎの未明の地震の過ぐるとき雪原の木々雪ふるひゐん

午睡して夜半覚めをれば一日のけぢめおぼろに昼夜短かし
子守りして拾ひしといふ銀杏を子守りせぬわれが夜々に食む
皮膚乾き抒情のこころ乾きゆく歌詠みひとり湖を見てゐる
右腕に電気マッサージかけをれば左手に持つ酒のこぼるる

麦積山石仏展四首

早春の東京にわが再会す麦積山のみ仏たちと
おのづから語らふさまに相寄れる菩薩と比丘も楽しからんか
眼窩くぼみ鼻梁するどき迦葉像にふたたび逢ふも縁といはん
されどいま灯下に見るは山窟に安らひをりしみ姿ならず

秋　景

「短歌現代」一九九三年一月号

中秋の月を掠めてひたすらに走る白雲いづこに消えん

峡の田はすでに刈られて彼岸花つらなる畦に白鷺あそぶ

墓のべに孫の太郎が拝むときわが死後を見るごとく目守りつ

オフィスとも倉庫とも分かず鉄骨の組まれ階組まれゆくさま楽し

老いづきし歌詠みひとり病院の待合室に選歌つづくる

白樺のもみぢを風のわたるときその華やぎは幹にも揺らぐ

白鳥の棲む沼ありと天山の山なみ越えて行きし人らよ

峡にて

「短歌研究」一九九三年一月号

泡立草の黄は猛々し穂芒の白はさやけし共に靡きて
葡萄棚の葉群はすでに黄ばみつつその下蔭の寒き明るさ
旅行者の感傷はさもあらばあれ古りし家並のかく消されゆく
風明り幾ところにも立ちながら山あひの沼暮れゆかんとす
笛の音のごとき夕べの木がらしを孫の幼とともに怖るる

「短歌」一九九三年二月号

秋怱々

削られゆく一つの山を見んために秩父の峡に遠く来りし

秋の日の晴れし午前の逆光に武甲の嶺は暗くそばだつ

石灰岩の崖しらじらと日に照りて崩されきたる歳月が見ゆ

採取されし石灰岩が繁栄を支ふる現実またまぎれなし

東京のいづこに今日は漁りしか苑の木立に鷺帰り来る

やがて行くよみぢのごとく月明の夜半木犀の香が満ちてゐる

慌ただしきビジネスマンの昼食を自由業われしばし憐れむ

霞が関官庁街のゆふまぐれ繁き虫の音守衛らが聞く

秋寒き夜景三十五階より低くたあいなき議事堂が見ゆ

見馴れつつすでに嘆かず捨てられしバイク覆ひて葛の花咲く

瀬戸内四首

女らの悲しき祈りまざまざとみ堂の壁に乳型あまた

女生徒のざわめきの声共どもに朝の瀬戸を運ばれてゆく

その刃渡り二米余の野太刀見つ人馬もろとも薙ぎ倒せりと

午すぎて海晴るるころ島山のなだりの蜜柑かがやきわたる

晩春抄

「短歌現代」一九九三年七月号

淡あはと月のぼりゆく夕まぐれ藤の花房あやしく暗し

喨々とチャイム流れて紫雲英田《げんげだ》のかなた晩春の大き日沈む

花水木ひるがへり咲きわれを呼ぶ花に遊ばんわれならなくに

槻並木の萌ゆる若葉に鬼子母神の石畳みち青く翳れる

芽ぶきゆくいちやうの老樹そばだちていま盛んなる樹液あげゐん

新緑の木立の蔭にへその緒をあまた納めしみ堂ひそけし

鵜の群はかもめの群と交はらず時を違へて干潟にくだる

雨期前後

「歌壇」一九九三年九月号

堂めぐる若葉のひかり十一面観音像の御顔に映ゆ

寺庭のなんぢやもんぢやは一つ葉タゴその白花が今日咲きさかる

晩春の重き曇に多摩川の乏しき水を見て帰るのみ

首都圏の昼夜憩ひなき高速路救急車ゆく未明のひびき

児童らの声あふれゐん新緑の樹々の彼方はディズニーランド

浅宵の小公園によどみゐる栗の花の香よぎりて帰る

意識下にひそみゐたりし悲しみか夢の中にてその具体見ゆ

植ゑられしのちの水田に風明り走れば苗らよろこびさやぐ

民族の憎悪を越えて愛せれば撃たれて路に横たはるのみ

忽ちに青葦遠く繁りつつ梅雨の晴れまの風にいきほふ

あぢさゐの花を揺らして渡りゆく雨蛙ひとつわれを怖れず

吹かれ来る花の香あれば山峡のいづこにか咲く蜜柑の花は

黄ばみゆく泰山木の花のうへ曇に白くにじむ太陽

静かなる智慧を湛へてこの老は戦場の惨すでに語らず

北国のビート焼酎忝なやや甘けれど夜々に飲む

梅雨ふけの人形町も浜町も路地をせばめて紫陽花が咲く
湿原の霧にうるほふ花々に今日逢ひ得たり遠く来たりて
いくばくか霧霽れゆきて四照花の花白じろとあふれ咲く見ゆ
音もなき流の底にありありと神代杉の根株しづけし
ひと夏を咲きつぎゆかん梅雨明の夾竹桃の花猛々し

「短歌四季」一九九三年秋号

安房にて

昨日見て今日見てつひに寂しきか遠き礁にあがる白波

年古りし祖師堂あれば萱ぶきの雫かうむりてつかのま祈る

針槐の花咲きさかる群落を行きてもの憂き潮騒を聞く

朝霧の霽れゆくまにま神のごとき千年杉は暗くそばだつ

海のべを遠くめぐりて百合ノ木の花咲く下に君と別るる

早春抄

「短歌研究」一九九四年五月号

早春の雪降りしきり多摩川の流れも雪も蒼く暮れゆく

雪道を泥みつつ行く通勤者見送るわれも曾てそのひとり

アートモビル今日ことさらに勢ふや広場の雪の反照のなか

脛長き若者たちにはさまれてスクランブル交差点あな煩わし

老いづきてとめどなく飲む哀れさを酒店に見たり他人事ならず

白梅の咲きさかる道年々に行くは確定申告のため

疾風に日すがらけぶる多摩丘陵けぶりて木々ら芽ぶきゆくべし

「短歌往来」一九九四年十月号

渓谷にて

梅雨はれし湖の光に過ぎがたの山藤の花さやぎやまずも

渓流の青き淀みに靄湧きて漂ふ見ればうつつともなし

亡き人をわれに偲べと橡の木の立房の花霧にけぶるや

命延ぶる清水ときけば掬びたり峡ふかく来し旅のこころに

青淀のひろがるところ白泡は離ればなれに移りゆく見ゆ

絶えまなく落ち来る滝の轟に互みの声のまぎれゆくなり

幼児が次つぎながす蕗の葉の流れの行方ともに見送る

秋行く

「短歌」一九九四年二月号

台風の過ぎゆきたりし夕映に傷つきし樹々ひとときあらは

百合ノ木の葉群震ふと思ふまで青松虫の鳴くゆふまぐれ

二億年の貝の化石を掌にのせてそのつぶやきを聞くごとくゐる

怪しみて今日も見たりき戦中の楽まきちらし行く街宣車

秋寒き曇に見えて工事場の隅にさかんに廃材燃ゆる

雨しぶく夜半も濃霧の明方も高速路しげき物流の音

湿原の小さき流わたり来てまた新しき水音を聞く

凶作の惨を見よとぞ秕の穂秋田の友の手紙より出づ

秋の日の荒川越えて遠く行く二人の孫の待つとし聞けば

穂芒の原のかなたに沈む日を孫の太郎とともに送りつ

休耕の田に咲きさかる泡立草すでに見馴れて人怪しまず

空腹の夜学生わがかよひたる芝明神のこの裏通り

時じくの躑躅の花を憐れみぬ新冬の日々いまだ咲きつぐ

逆光に遠くけぶるは収穫を終へて安らふ関東平野

逝く秋

「歌壇」一九九五年一月号

むらさきの木槿の莟ひらきゆく午前三時のわが卓上に

刈りあとの田の畦帰るひこばえもわが髪の毛も風に吹かれて

遠き世の〝海の都〟を偲べとぞ灯火に青きグラスが一つ

大理石に彫られてうづくまる女その清き背にけぶる悲しみ

少年も楽しく老も楽しくて狭間の道にどんぐりあまた

淡々となりて落ちゆく残月を秩父の峡の空に送りつ

小詩形にたづさはり世に遅るるか元々遅れてゐる人間か

海光を浴みて育ちし千枚田のコシヒカリとぞあな忝けな
古切手もおろそかならず集められて海彼の飢餓の子ら救ふとふ
夕光の空に輝く柿あまた仰ぎて今日の歩みをかへす
しろじろと風わたる見ゆ対岸の芒の穂群まだ暮れがたく
北陸の岬の町を暗めつつ雪起しの雷鳴りわたるとぞ

流感前後

「短歌」一九九五年四月号

音たてて〝どんど〟の炎盛るとき少年の日の悲しみかへる

隣室に病み臥す妻のしはぶきの間遠になればわれも眠りつ

妻のため氷枕を取替ふる貧しく遠き戦後のごとく

伐られゆく丘の木原を惜しみしが残照の富士見ゆるは楽し

蕭条と冬葦原の暮るるころ景にふさはしき初老が歩む

下仁田の殿様葱の塩焼を食みてわが風邪払はんとする

熱高き昼夜臥しつつ震災の死者殖えゆくを切れぎれに聞く

酒飲まず煙草を吸はず病みをれば臓腑いくばく淨まりゆかん
物々しき活断層といふ言葉幾たび聞けど聞きてすべなし
流感のたゆき体をはこび来て咲く紅梅の若木まぶしむ
排気ガス浴びてビル街に咲きゐるもこの菜の花の運命ならん
窓下に睦む男女の声聞けど心乱さるるほどにもあらず
法螺貝の音ひびくとき杉群の高きに残る雪の散りくる
春早き高尾の山に登りきて杉生の果ての入日を送る

新冬

「文芸スペシャル『現代短歌の全景』」一九九五年十月号

朝焼の空にまぎれて陸橋の白き灯火はすでにもの憂し
昨日まで黄にはなやぎし大公孫樹今朝うれひなき黒き裸木
すさまじき権謀の世に生きたりしダ・ヴィンチもまたミケランジェロも
薯焼酎蕎麦焼酎を好むのも父祖よりの貧沁みゐるゆゑか
冬木々の丘をりをりに見えわたり遠き稲光音もなくたつ
池の面を覆ひて落葉おびただし落葉を揺りて鯉泳ぐらし
何を買ふ当てもなけれど歳晩の商店街の喧騒たのし

冬塵抄

「読売夕刊」一九九六年二月二十日

ひすがらの風熄みしかば高層群のひまを流るる夕光浄し

ダンボールめぐらせ酒を飲む見れば地下一隅の〝壺中の天〟か

シカン発掘展

黄金の都といへど文字なく伝承もなく滅びゆきしか

冬の夜のシルバーシートにまどろみて乗越してゆく初老がひとり

老髭のかの革命家風さむき東京の街駆けぬけて去る

北国のみ寺の鐘は降りつもる雪にひびきて鳴りわたるなり

ヒマラヤの蒼天をゆく鶴の群そのまぼろしを抱きて眠る

冬の苑

「短歌現代」一九九六年四月号

咲きそめし寒の牡丹のくれなゐに老いづきし顔寄せゆくわれは

渡り来し鴨は旧知の仲ならん岸にあがりて鳩らと遊ぶ

たどたどと薄氷のうへ行きし鴨水に浮びてたちまち早し

けぶり咲く臘梅ひと木ゆきずりの若き男女と共にまぶしむ

寒に咲く牡丹のあはれ淡紅の花びらうすく風に震ひつ

被せ藁のうちに夕日の及ぶときすでに崩れてゆく花のあり

夕光のいまだ明るき枯葦の根方にまぎれ鴨眠りゐる

造成地ほか

「短歌」一九九六年四月号

造成の地にいちはやき舗装路の延びゐて冬の砂塵にけぶる

幾つもの工事に脈絡あるごとく新しき都市成りゆく過程

ショベルカーダンプカー忙しき造成地用なく行くはわれ一人のみ

人工の渚に冬の日は照りていまだ乏しき砂をあはれむ

高層の夕べの影は埋立地越えて見るみる海に延びゆく

レインボーブリッジに灯のともりそめ彼方に冬の残照終る

伐られたる欅の枝の切口を癒すごとくに雪降りつもる

雪積みし小公園の鴉らがわれに向ひて雪散らしくる

話しゆく携帯電話の人多し仕事を追ふかはた追はるるか

長かりし冬旱ののち降る雨にうるほふ木々の幹の親しさ

夏まで

「歌壇」一九九六年九月号

しののめの白みゆくとき丘のべの工場団地ものの憂く灯る

晩春の地上の様子見んためか穴を出で来し黒蟻いくつ

楽しともなき電子音レンジ鳴り湯わかし器鳴り炊飯器鳴る

老いづける酒徒はしづかに帰るべし長く親しみしこの飲屋街

遠く来しわれのこころの揺らぐまで眩ゆき五月山上の雪

芽ぶきゆく山毛欅のさやけさ残雪のなだりに長きその影を曳く

残雪の八海山さらに駒ヶ岳神々のごとつらなりけぶる

雪どけの水を湛へて新しき沼ありいまだ生ふるものなく

涅槃図のレリーフ「地獄の門」に似る疲れ来たりてわが見るゆゑか

剥がされて持ち去られたる壁画なり仏説法図の断片あはれ

梅雨しぶく夜すがら遠く走り来し長距離トラック群犒ひて見つ

しめりたる堂内暗くみ仏の裳裾に残る金泥おぼろ

山藤の花の雫を身に受けて雨のみ寺の坂をくだりぬ

みづみづとながき葉群をひるがへし玉蜀黍は夏を呼びゐる

老われを酔めぐるときたはやすく〝リンゴの唄〟に涙ぐむなり

わが部屋に入り来し孫ら忽ちに歌稿の上を飛びめぐるはや

反りかへる屋蓋何を誇示するや代々木スタジアム初夏の日に照る

一人暮しとおぼしき媼ルーぺにて消費期限を確かめてゐる

太りゆく茄子楽しみて菜園にわがしやがみをり夏至の夕べに

疾風に蓮田のしげり靡くとき咲きそめし花たまゆら見ゆる

春はやち

「短歌」一九九七年五月号

沈丁花の匂ひ流るる路地奥の今日にぎはふは老逝きしとぞ
坂のうへの柳青みてなびくときその坂の空つやだちゆらぐ
街上の春一番をのがれ来て地下の通路に埃をはらふ
散りぎはをわれに見よとぞ行く道に椿の一花ひらめきて落つ
日蝕のすすみゆくとき咲きさかる紅梅の花かすかに暗む
法皇にまみえし中浦ジュリアンも生きがたかりし世は移りゐて
疾風にひと日揉まれし木蓮のしづまる夕べ涙ぐましも

不況など関りなきや春宵の灯火きらめく工業団地

焼酎のおまけの蕎麦もうまかりきそのそばづゆに焼酎を割る

朝靄のいまだ深きに目覚めたる白鳥のこゑ川面にひびく

飛びたちし白鳥いくつ川上の遠雪山の白にまぎるる

寄りて来る白鳥のなか灰いろの幼鳥さらに人を怖れず

旋りつつ群組み終へし一団が朝あけの空遠ざかりゆく

帰りゆくかの白鳥らシベリアの半歳の日々健かにあれ

晩夏また秋

「短歌研究」一九九七年十一月号

百日紅の花かげに息整へてふたたび暑き街上をゆく

池水の濁り揺らぐと思ふとき用あるごとく亀浮びくる

憂ひなき老と見えんか蟬がらを手ぐさに丘を降りゆくとき

夏の日の常とおもへど驟雨すぎてまた盛んなる蜩のこゑ

喫煙はアルツハイマー症防ぐとぞ新学説にいくばくなごむ

わが窓をかすめて土に落ちゆきし夜の蟬ひとつ落ちて声熄む

撃墜をまぬがれ転々と晒されて二式大艇ここに安らふ

曾てわが吹雪の海を越えゆきし羊蹄丸を今日は悼みつ

左官また鳶などの語も亡びんか今日聞けばなべて建設業と

蟬の骸みみずのむくろとぶらひて百日紅の花びらが散る

夏木々の葉群きらめく反映にみ堂の仏安らひたまふ

数冊の本探しつつ古書店にこもる残暑の匂ひ疎まず

苛立つか諦めゐるか高速路の渋滞のさま窓に見おろす

おそ夏の雷のとどろく夕道に槐の小花はらはらと散る

おびただしき衆生の病身に受けて賓頭盧尊者老い深みゆく

低丘の林を行きて楽しかりまた新しき湧水のおと

老人の無料バスにて秋の日のバス乗り継ぎて遠くあそびつ

ほしいままに草のはびこる休耕田蟋蟀の声またほしいまま

煙霧こめし東京の秋哀れみて渡りてゆくや彼のかりがねら

明方の残月さむく沈みゆくかかる情景も身に沁む齢

「短歌朝日」一九九八年一・二月号

秋深む

前方に陸橋の灯の点りそめさながら秋の入日を送る

大き鐘ひとつ鳴らして「南無ぽつくり往生仏」とわれも祈りつ

衰へし蟷螂われを威嚇して秋日の道をよぎり行きたり

造成地の残照寒く消ゆるころショベルカーダンプカーいまだ働く

法被着て子供みこしに従《つ》きゆくが老びとわれの今日の仕事ぞ

谷ふかく登り来たればみ寺あり冬桜ひと木ひつそりと咲く

この洞に籠り悟りし僧幾人悟り得ざりし幾百人か

「短歌現代」一九九八年十月号

雨季、夏

対岸の丘に広がる工場群もの憂き梅雨の曇にひたる

散りしきる槐の小花身に受けて午後のベンチにしばしまどろむ

長梅雨に遊ぶ人らも乏しきか観覧車けぶるよみうりランド

密林の残骸は一式陸攻機そのエンジン或はわが組みしもの

病む妻に何かうまきもの食はせんと梅雨の夕べのスーパーめぐる

暑にあへぎ坂ゆくわれを憐れむやのうぜんかづら頭上にあそぶ

陸橋の大き入日の眩しさがかのドライバーの狂気呼びしか

成長に差のあるごとく御神田の稲のめぐりは庶民の稲田

休耕の田の荒るるとも宵々につどふ虫らのその声無尽

賜りしすつぽんスープ忝な飲みて残暑の日々凌ぐべし

「百年の孤独」「千年の眠り」など焼酎の名もかく遷りゆく

明日ありと思へばあらん金魚ねむり病む妻眠るこの夜半の刻

雪　景

「短歌往来」一九九九年四月号

寒靄が入江を閉ざすころならん的矢の牡蠣を食みつつおもふ

恩寵の夢にあそぶや缶酒を置きて路傍に眠る浮浪者

かの峡のみ寺も雪に埋もれゐん雪にひびきて鐘鳴りをらん

忽ちにどんどの炎あがるとき幼と共に声あぐるわれ

病む妻の食材かくも淡々し絹ごし豆腐に白身の魚

風邪癒えてしよぼしよぼと来し老われが臘梅の花まぶしみて立つ

つかのまの映像なれど痛々し菜の花むらに雪降りしきる

初冬

「短歌四季」一九九九年春号

やすらかに白き月あり黄葉の夕べかがやく公孫樹のかなた

おどおどとわが巡りゆく遑しき主婦ら群れゐる食品売場

夕映に穂芒の原染まるころ老いし歌詠みたのしく帰る

この夜半も眠りがたきか病む妻の苦しき喘のなほ収まらず

町空に残りの黄葉噴きあげて公孫樹の大樹冬に入りゆく

残照の遠くせばまりゆくときに機材置場に廃材燃ゆる

唐楓の遅き紅葉を濡らしつつ新冬の夜の雪乱れ降る

フォークリフトしきりに動き物流の倉庫慌し歳晩なれば

早春抄

「短歌」一九九九年五月号

月光にうながされつつ木蓮の銀の花芽のふくらみてゆく
紅梅の今日けぶり咲く峡の徑行きて凪ぎゆく隠者のこころ
早春のひと日はげしき疾風は関東ローム層吹き削りゆく
つかのまの午睡の夢にあらはれし遠き女人ら老いるともなし
悲しかりし過去すでに茫々となりゆく媼見舞ひて帰る

夏日抄

「短歌朝日」一九九九年十一・十二月号

絶えまなく陸橋のぼりゆく灯火梅雨の夜空を次々照らす

この路地のよどむ炎暑を払ふごと翻り咲くのうぜんかづら

残照に映ゆるビル群あふぎ見てふたたび地下の雑踏に入る

古びたるポンプ舎今日は勢ひて暑き青田に水送りゐる

飛ばされて多摩の流れに浮びゆく麦藁帽子をしばらく悼む

台風の余波過ぎゆかんこの夕べ青葦原を揉む風の渦

育ちゆく青田のそよぎ目守りつつ農の媼とわがしやがみをり

空洞のごとくなりしか生き生きてその晩年の心のあり処

夏の逝く厳しさか天暗みきて多摩丘陵に稲妻くだる

あぶら蟬一つ訣れを告ぐるごとわが肩に来てひとしきり鳴く

晩夏

荘厳のいのちといはめ月明に翅光らせて落ちゆく蟬ら

茅蜩もつくつく法師も絶えたれば晩夏の疲労よどむこの森

秋の夜の路傍にしやがむ若者ら楽しげにカップラーメンを食む

「短歌四季」二〇〇〇年十二月

歳晩

「短歌」二〇〇一年二月号

国々の薔薇咲きさかる苑広し夕光さむく空わたるころ

暮れはてし冬木々の原新月の昇りゆくときふたたびけぶる

酒舗の灯のひしめく町に降りゆく仕事を終へし老酒徒ひとり

草枯れて乾く畦みち蘖のいきほふ緑いづれも親し

歳晩の寒き場末の工事場に廃材燃ゆるこの夕まぐれ

畝売りの葱すこやかに育ちをりすでに買手の札つけられて

古びたる塔のしづもり紅葉の夕べ散りしきるはなやぎのなか

収集車ポストのそばに待ちをれば老われ声をあげて走れる

その役を終へて遑しく残りたる牛耕犂にしばし手を触る

革命とその変転のはざまにてながらへし人逝きし人々

花と雪

「短歌朝日」二〇〇一年七・八月号

杉花粉飛びつつ吹雪く日のありて多摩丘陵の春も厳しき

芽ぶきゆく丘の木原のけぶりつつたゆたふごとき長き夕映

崩れゆく廃屋暗きその庭に若木の桜今日咲きさかる

白木蓮こぶし一斉に咲きいでてこの朝明に呼びあふごとし

あふれ咲く桜花を打ちて交々に三月尽の雪流れゆく

いちめんに浮びゆきたる花びらの夕べの海に出づるころほひ

月明に咲きさかる花茫々とまどかに盈ちてゆく夜半の刻

早春数日

「短歌」二〇〇二年五月号

いちめんの樹霜まばゆき映像をいだきて眠る人逝きし夜に
知床の雲丹をさかなに酒飲みて寒夜の憂ひしばし払はん
ベランダに昨夜撒きたる追儺の豆鵯が啄ばみわが拾ひ食む
破屋となりて幾年経しならん白梅映ゆる峡に朽ちゆく
生活の匂ひ乏しき臨海のビル街ゆゑに老人を見ず
早春の日にけぶれども対岸の埋立の丘いまだ芽ぶかず
湾岸の潮風の道吹かれゆく若きカップルと老びとわれと

観覧車灯りそめつつめぐりつついま早春の入日を送る

置き忘れゐたる焼酎出でくれば貧しき酒徒の今日の幸ひ

咲きそめし辛夷の花を仰ぎつつ逝きし人らをふたたび悼む

花冷え

「短歌朝日」二〇〇二年七・八月号

花冷のしるき通夜の夜更くるころ狭間の天に星はきらめく

二夜経し亡骸ひくく横たはりその死いよいよ深みゆくなり

葬り終へて遠く帰らん北方におぼろに白き夜の富士見ゆ

この丘の外人墓苑二千余の墓をめぐりて花散りしきる

病院船引揚船また客船とながらへし運命も涙ぐましも

花びらの流るる丘のかなたにていま晩春の大き日沈む

郷愁を誰にか告げん有明の煙霧にけぶる海を見てゐし

老身

「短歌朝日」二〇〇三年五・六月号

柿熟れて穫り残されし一木あり今日燦々と雪降りしきる

結核の妻と病む脚曳くわれとこの年の瀬を辛うじて越ゆ

臘梅の花透きとほる明るさを浴みてふたたび冬木々の道

降りしきる雪もろともに散りて来る紅梅の花老の身に受く

ヒユルギリの谿ためらはず抜けてゆく姉羽鶴の群涙ぐましき

次々にビル建ちゆけど埋立の地盤の固さはたして如何に

妻病めば今日の食材求めんと縕袍《どてら》すがたの老われが行く

花季ゆく

「短歌研究」二〇〇三年七月号

反戦の静かなるデモ帰りゆく二〇〇三年弥生の夕べ

春宵の町に酒飲むこともなし病む妻待てば早く帰らん

窓外に花は音なく散りしきり老いびとわれは午睡むさぼる

日々憩ふ小公園のわが席が今日はホームレスに占拠されをり

トマホーク炸裂の火になほ見ゆるモスクに安堵す異教徒われも

泊ててゐる漁船めぐりて島山の傾りの桜降りしきる午後

脚病みて家ごもるわれ備中の桃の花咲く丘恋ふるのみ

略奪は昨夜なりとぞその昼まで或いはモスクに祈りてゐしか

多摩川を越えて今日ゆく丘陵は芽ぶきにけぶり雨にけぶれる

病む妻の咳静まりて眠りしを見定めてわが遅き晩酌

風熄みし夕光のなか芍薬のむらさき透きてひらきゆくとき

のぼりゆく地下駅出口覆ふごと樟の若葉のみなぎる光

乾きたる枯葦の音めぶきゆく葦のそよぎの交々聞こゆ

新緑の風に揉まるるその風にいつよりか暗き廃屋一つ

杉生より山藤の花なだれ咲き夕暮ながき峡のはなやぎ

はつ夏

「短歌四季」二〇〇三年一〇月号

はつ夏の空すがすがと立葵の淡紅の花咲きのぼりゆく
老われの過ぐる気配も恐るるや水田の蛙一斉に熄む
暑き日にのうぜんかづらなだれ咲き朱の影揺らぐわがゆく坂に

移居

「短歌研究」二〇〇四年一月号

選歌しつつ時に憩ひしベンチにも名残惜しみてわが移りゆく

遠々に水の面光る荒川を越えて貧しきわが家財行く

移り来し町の三叉路に地蔵堂あれば差当り短く祈る

リビングも和室も段ボール積まれゐてその隙間にて老われ眠る

移りたる三日目さむき曇日に出で来し町の方位に迷ふ

早春二日

「短歌研究」二〇〇四年五月号

蠟梅の咲きさかる丘行きゆきてわが生日をみづから祝ふ

白梅の斜面にすべる老われを孫の太郎がたちまち支ふ

早春の秩父の峡に咲き匂ふ蠟梅の香に別れて帰る

春浅き木原のかなた荒川の早き流れに白鳥あそぶ

お互ひを気にせぬまでの交はりか白鳥数十羽鴨ら数百

白鳥は川面を蹴りて滑走しやがて大きく飛び立ちてゆく

ひつそりと古墳の続く原を来て老若四人甘酒を飲む

秋深む

「短歌研究」二〇〇五年一月号

台風の過ぎし五階のわが窓に秋虫のこゑ立ちのぼり来る

枯葦の原の曇に日のあり処おぼろに寒く移りゐるのみ

紅葉の広がる峡のひとところ秋日透きとほる青き沼あり

霧深き夜ごろとなりて彩灯のけぶる場末の町に帰り来

台風に耐へて稔りし千枚田の今年の米ぞ尊みて食む

長澤一作略年譜

一九二六（大正十五）**年**
三月一日、静岡県安倍郡有度村草薙（現・静岡市清水区）に生れる。
一九四三（昭和十八）**年**　17歳
作歌に志す。四月、慶應義塾商業に入学。佐藤佐太郎先生を訪ね、爾来師事。「アララギ」入会。
一九四四（昭和十九）**年**　18歳
二月、中島飛行機武蔵製作所に徴用される。
一九四五（昭和二十）**年**　19歳
四月、歌誌「歩道」創刊に参加。六月、浜松にて罹災。八月、終戦、郷里に帰る。
一九四六（昭和二十一）**年**　20歳
五月、「静岡県アララギ月刊」が創刊され、作品を発表。
一九四七（昭和二十二）**年**　21歳
二月、佐藤佐太郎先生宅に寄寓し、青山書房の仕事を手伝う。
一九四八（昭和二十三）**年**　22歳
歩道静岡支部を組織し、毎月例会を開く。
一九四九（昭和二十四）**年**　23歳
三月、静岡県茶連に勤務。以後、農業団体を転々。五月、横地静子と結婚、静岡市茶町に住む。
一九五〇（昭和二十五）**年**　24歳
三月、長男正樹出生。秋、佐藤先生に従って浜名湖、日本平に遊ぶ。
一九五一（昭和二十六）**年**　25歳
五月頃より「歩道」誌の「朝の蛍合評」に参加。
一九五二（昭和二十七）**年**　26歳
四月、次男二郎出生。十二月、静岡市神明町に、翌年、静岡市曲金に移居。
一九五四（昭和二十九）**年**　28歳
十二月、「短歌」誌に「現代短歌鑑賞（佐藤

佐太郎秀歌）」を書く。以後「短歌」「短歌研究」等総合誌に次第に作品、文章を発表。

一九五九（昭和三十四）**年**　33歳
八月、高野山の第一回歩道大会に出席、以後毎年各地の歩道大会に出席。九月、静岡市高松敷地に移居。歌集『松心火』（四季書房）刊行。

一九六〇（昭和三十五）**年**　34歳
五月、『松心火』により第四回現代歌人協会賞受賞。現代歌人協会会員となる。九月、『現代新鋭歌集』（東京創元社刊）に参加。

一九六一（昭和三十六）**年**　35歳
八月、転職上京、富士化学紙工業株式会社に就職。十一月、都下小平市天神町に移る。

一九六八（昭和四十三）**年**　42歳
七月、歌集『條雲』（短歌研究社）刊行。

一九六九（昭和四十四）**年**　43歳
三月、都下久留米町滝山（現・東久留米市）に移居。十月、合同歌集『現代』（短歌新聞社）刊行、作品五十首を寄せる。

一九七〇（昭和四十五）**年**　44歳
一月、歩道短歌会幹事となる。第八回短歌研究賞受賞。

一九七一（昭和四十六）**年**　45歳
一月、宮中歌会始めを陪聴。九月、『佐藤佐太郎の短歌』（短歌新聞社）刊行。

一九七二（昭和四十七）**年**　46歳
七月、短歌研究新人賞選衡委員。「短歌」十二月号にシリーズ今日の作家〈長澤一作〉の小特集が載る。

一九七四（昭和四十九）**年**　48歳
ヨーロッパ各地に遊ぶ。

一九七五（昭和五十）**年**　49歳
六月、角川短歌賞選考委員。以後五年つとめる。七月、歌集『雪境』（短歌新聞社）刊行。八月、自選歌集『秋雷』（同）刊行。

一九七六（昭和五十一）**年**　50歳
六月以降『昭和萬葉集』編纂に協力。

一九七七（昭和五十二）**年**　51歳
六月、『鑑賞斎藤茂吉の秀歌』（短歌新聞社）刊行。現代歌人協会理事となり、三期六年つとめる。

一九七九（昭和五十四）**年**　53歳
二月、毎日新聞短歌添削教室講師となる。十一月、日本文藝家協会会員となる。

一九八〇（昭和五十五）**年**　54歳
六月、歌集『歴年』（角川書店）刊行。

一九八一（昭和五十六）**年**　55歳
一月、『短歌シリーズ人と作品　佐藤佐太郎』（共著・桜風社）刊行。

一九八三（昭和五十八）**年**　57歳
三月、歩道短歌会退会。運河の会を結成、代表となる。八月、歌誌「運河」創刊。

一九八四（昭和五十九）**年**　58歳
四月、明治神宮献詠歌会選者。六月、高野山の運河第一回全国集会に出席。

一九八五（昭和六十）**年**　59歳
七月、金沢の運河全国集会に出席。十一月、歌集『冬の暁』（短歌新聞社）刊行。

一九八六（昭和六十一）**年**　60歳
六月、別所温泉の運河全国集会に出席。十月、ＮＨＫ学園全国短歌大会選者。

一九八七（昭和六十二）**年**　61歳
五月、湯布院の運河全国集会に出席。六、七月、静岡新聞に「わが青春」を連載。八月、佐藤佐太郎先生逝去。十一月、ＮＨＫ学園全国短歌大会選者。

一九八八（昭和六十三）**年** 62歳

三月、富士化学紙工業株式会社退職。四月、歌集『花季』（現代短歌全集、短歌新聞社）刊行。十月、中国の仏教遺跡、麦積山、炳霊寺、莫高窟を巡拝。

○

二〇一二（平成二十四）**年** 86歳

『松心火』が第一歌集文庫（現代短歌社）に入集。

二〇一三（平成二十五）**年** 87歳

十月、没。

後記

玉川上水の緑道に栴檀の花が満開となった。地味な花であるが、気品のある美しい花である。長澤一作遺歌集『春の残照』が栴檀の花と時を同じくして出版の運びとなった。二千を越える収録歌の一首一首が栴檀の花の如く今日の歌壇の中においてもその位置を占め、その香を放ってほしいと願っている。

長澤一作遺歌集刊行の話は、再び時を経て二〇二一年十月ごろ持ち上がった。再びというのは、先生が亡くなった直後に遺歌集の話は出ていた。「遺歌集の前に『松心火』以前の歌をまとめるべきだ」という意見があり、それに従った。しかし数年待ったが、歌集になることはなかった。それ以後、遺歌集を発刊したいとの声は何度か聞いたが、具体化することはなかった。そしてまもなく先生が亡くなって十年になるという時に再び話が持ち上がったのである。先生の遺歌集は、この時しかないという思いであった。

呼びかけ人に刊行委員会のメンバーと次々に決まり、遺歌集出版の道筋ができたころ、発刊に否定的な声が聞こえてきた。「長澤一作が亡くなって十年近くになる今、遺歌集をまとめても、だれが読むのか」「すでに過去の人となった歌人の歌集を買う気にはなるまい」などの声を聞いた。何か勘違いをしていないか、そんな思いで伝ってくる声を聞いていた。

私たちは短歌というこの小さな詩形に魅力を感じ、一首でも思いを深く表現できる短歌をつくりあげたいと思い、これまでも多くの過去の短歌作品から学び続けてきた。千二百年前の万葉集から、正岡子規ら近代歌人から、そして斎藤茂吉、佐藤佐太郎ら多くの現代歌人から学んできた。時代が古いと言う者はこれら遠く過去の人たちの作品を読む価値がないと言うのだろうか。

短歌はその時代時代に生きて、真摯に時代に向き合った人間の姿であり、叫びであるのだと思う。その一瞬の思いや感情は時代を超えて共感しうるものだと思っている。そこには時代の古さなどない。生きる人間の深い思いと豊かな感情が溢れているのだ。問われているのは、いかに作品を読むか、いかに作品から学ぶのか、そのことであり、私たちが作品を読み取る主体的な力量が求められている。

長澤一作作品も同様である。出自の悲しみ、戦争、貧困など時代の流れに真摯に向き合って、その時々の深い思いを作品に残してきた歌人の姿がそこにある。どの歌にも生の重みが脈打っている。深い抒情にだれもが共感する。本書を通してかならずや深い感動を得ることができると思っている。

本書は長澤生前最後の歌集『花季』（一九八七年）以降のすべての歌を収録した。亡くなるまで「運河」誌に月ごとに掲載された歌と歌壇誌紙に掲載された歌のすべてである。

本書の性格を一言で言うなら、万葉の自然詠の伝統を受け継ぎ、近代短歌を学び継承してきた長澤一作が、現代短歌においてもその存在と位置を占め、抒情豊かな作品を提示した一冊であると思っている。

現代短歌は大きく二極化しているともいわれている。軽妙な短歌が数多く作られる一方で、写生短歌の大きな存在がある。今日の歌壇にも万葉以来の短歌の水脈が脈々と流れている。正岡子規以降の近代短歌は、写生短歌を基調とする斎藤茂吉の作品に引き継がれた。さらに佐藤佐太郎の「純粋短歌」によってその水脈は確かな流れをつくった。その流れを絶やすことなく長澤一作は写生短歌を力強く推し進め、「新写実」の新しい表現を目指した。長澤一作遺歌集『春の残照』の作品群は紛れもなく、近代短歌を継承して今日に至る写生短歌の結晶である。

長澤一作は二〇一三年十月二十三日に逝去した。享年八十七歳であった。運河全国集会で倒れた後は長く入院を余儀なくされた。しかし病床では一首も作ることはなかった。「病気であることで同情を買うような歌ではだめだ。病床短歌でもあくまでもそこに詩を表現しえた作品でなくてはならない」と言っていた。長澤は悲しみに凭れかかることなく一首一首の作品化を厳しく求めていたのだろう。長澤の最後の歌は全国集会提出の次の歌であった。

吹き荒れし春の嵐は夜もすがら虚空を遠く過ぎつつあらん

毎年の春の疾風に先生のこの歌と面影を偲んでいる。

また、長澤一作が病床で残した言葉がある。長澤の歌を理解する参考になるだろう。病室で最後の歌論である「写生論」を絞り出すような声で語った。

「写生」とは、斉藤茂吉が述べている「実相に観入して自然・自己一元の生を写す。これが短歌上の写生である」ことだ。ここで大事なのは「自然・自己一元の生を写す」ということだ。自然を歌うということは、その自然に自己を投影することにほかならない。すなわちそれは自己の生を写すことにある。自然とわが生の一元の生なのだ。これが「写生」である。短歌は、端的、直接、単純化であること。佐藤佐太郎は短歌に「単純化」を求めていた。私は、それに端的、直接を加えたい。それは詩的情感を極限までに高めていくからである。写生論の骨格は、詩精神、つまり情感を如何に表現するかにある。

ここにこそ長澤一作のめざすものがあった。

長澤一作の短歌は斎藤茂吉、佐藤佐太郎と続く写生短歌の輝かしい水脈のなかにその位置を占めている。同じ運河の会の中で写生短歌を推し進めてきた川島喜代詩は、長澤の短歌を次のように述べている。

「写生」は、「自然自己一元の生を写す」とする斎藤茂吉を源流として、佐藤佐太郎に受け継がれ、「純粋短歌論」の中に、現実を限定し、断片と瞬間とを顕現させる方法として圧縮されたのであった。抒情詩の一形式たる短歌を、もっと深いところで成立させる固有の方法と言ってよい。つづめていうなら、現実に即して、真実を直接に表現するということだ。長澤一作の拠点も、この辺にあるであろう。そしてここからたどられるところは、個々の存在の源泉からあふれ出した経験の嘆声が、ひろく人間の生の普遍のながれにその波動を打ち響かせる、そして打ちひびいたものは、すでに現実そのものではなく、純粋抒情詩として飛翔し、いさぎよい結晶を見せるのである。

遺歌集『春の残照』に私たちはそうした結晶を見ることができると思っている。

この歌集には類似歌がいくつか見られる。次の例はその一つである。

武蔵野の冬木々遠く連なりて丘の残照たちまち終る
武蔵野の木原は遠く連なりて春の残照たちまち終る

同じ様なこの二首を比べてみると、後者の歌に情景の把握の仕方や抒情の広がりなど一首の確かな深まりが見られる。「冬」から「春」への大胆な変更が加えられ、その「残照」が「たちまち終る」という感慨は冬より春により深く感じられる。後者の歌にははっきりと詩的情感の深まりがあり、長澤一作が別な歌として提示したものと言ってよいだろう。この他にも類似歌があるが、長澤一作の詩感の深まりをそこに見ることができるのではないかと考え、あえてそのまま残した次第である。

本書の企画は二〇二二年十一月三十日に第一回長澤一作遺歌集刊行委員会が開かれた。歌集完成まで委員会は十回に及んだ。刊行を呼びかけたのは（敬称略）、大石和子、大槻明三、久保田淳子、塩飽章江、下江光恵、谷口光子、秀田みどり、松田久恵、持田律三、宮崎佐久恵、山谷英雄と私の十二人である。その後山谷氏が亡くなり、メンバーの変更を余儀なくされたが、ほぼ二年をかけ準備してきた長澤一作遺歌集がようやく発刊の運びとなった。企画、校正、作業などに大槻明三氏を初め多くの方々の貴重なご意見をいただき進めてきた。このメンバーの様々な関わりの中で本書が出来上がったと思っている。とりわけ大石和子氏、久保田淳子氏、持田律三氏の献身的な努力なしに本書の完成はあり得なかった。

また、本集出版にあたり、その早い時期から現代短歌社の真野少編集長に万般わたり関わっていただいた。細かいご指摘や入念な歌集づくりによって発刊に漕ぎつけることができた。深く感謝申し上げたい。

本書が長澤一作没後十年を記念して発刊となったことを祝うとともに、先生のご冥福をここに改めてお祈りする。本書が現代短歌の中においてなお写生短歌の大きな位置を占めることを願ってやまない。

二〇二三年五月十七日記

鈴木　和雄

歌集　春の残照

二〇二三年六月二十四日　第一刷発行

著　者　長澤一作
発行人　真野　少
発行所　現代短歌社
〒六〇四-八二一二
京都市中京区六角町三五七-四
三本木書院内
電話　〇七五-二五六-八八七二

装　訂　かじたにデザイン
印　刷　亜細亜印刷
定　価　二九七〇円(税込)

ISBN978-4-86534-423-3 C0092 ¥2700E